## 读客悬疑文库

认准读客读悬疑,本本都是大师级。

# 第七重解答

[法]保罗·霍尔特 著
朱寒依 译

PAUL HALTER
La septième hypothèse

文匯出版社

图书在版编目（CIP）数据

第七重解答 ／（法）保罗·霍尔特著；朱寒依译
. -- 上海：文汇出版社，2024.4
ISBN 978-7-5496-4186-4

Ⅰ.①第… Ⅱ.①保… ②朱… Ⅲ.①推理小说－法国－现代 Ⅳ.①I565.45

中国国家版本馆CIP数据核字(2024)第001140号

La septième hypothèse by PAUL HALTER
Copyright © PAUL HALTER 2006
Simplified Chinese language edition arranged with Shanghai Myscape Cultural Media Co., Ltd.
Simplified Chinese translation copyright © 2024 by Dook Media Group Limited.
All rights reserved.

中文版权 © 2024 读客文化股份有限公司
经授权，读客文化股份有限公司拥有本书的中文（简体）版权
著作权合同登记号：09-2023-1069

## 第七重解答

| 作　　者 | ／ | ［法］保罗·霍尔特 |
| --- | --- | --- |
| 译　　者 | ／ | 朱寒依 |
| 责任编辑 | ／ | 徐曙蕾 |
| 特约编辑 | ／ | 徐於璠　　徐陈健 |
| 封面设计 | ／ | 贾旻雯　　李子琪 |
| 出版发行 | ／ | 文汇出版社<br>上海市威海路755号<br>（邮政编码200041） |
| 经　　销 | ／ | 全国新华书店 |
| 印刷装订 | ／ | 三河市龙大印装有限公司 |
| 版　　次 | ／ | 2024年4月第1版 |
| 印　　次 | ／ | 2024年6月第3次印刷 |
| 开　　本 | ／ | 880mm×1230mm　1/32 |
| 字　　数 | ／ | 178千字 |
| 印　　张 | ／ | 9 |

ISBN 978-7-5496-4186-4
定　　价／　45.00元

**侵权必究**
装订质量问题，请致电010-87681002（免费更换，邮寄到付）

献给马里奥·温克尔——画家、诗人、哲学家，亦是我的同谋。

保罗·霍尔特

晚上10点……一个奇怪的身影游荡在街头：他穿着黑色长款披风，头戴一顶宽檐帽，脸上有一副白色面具，一个长度超过帽檐的奇怪的突起物被安在他的鼻子上。见鬼！这不正是欧洲瘟疫时期的医生装束……

半小时之后，出现另一名医生。他俯身趴在一个垃圾桶上，身上仍是17世纪瘟疫医生的装束：黑色披风，大礼帽，手持银头手杖，拿着一只小型皮箱……

而在垃圾桶内，竟然蜷曲着一具尸体，脸上布满令人作呕的脓包。

1938年的伦敦竟然再次暴发了瘟疫？不可能！赫斯特探长绞尽脑汁也找不出另一种解答……

# 目 录

**第一部分 8月31日的夜晚**

1 奇怪的身影     003
2 不可能     014
3 毫无希望     030

**第二部分 致命的挑战**

4 访客     045
5 彼得·摩尔的叙述（1）     052
6 彼得·摩尔的叙述（2）     062
7 彼得·摩尔的叙述（3）     072
8 彼得·摩尔的叙述（4）     078
9 彼得·摩尔的叙述（5）     086
10 七重解答     097
11 初步调查     109

## 第三部分　你来我往

| | | |
|---|---|---|
| 12 | 无论是谁 | 123 |
| 13 | 意外 | 128 |
| 14 | 是真，是假？ | 137 |
| 15 | 不在场证明 | 150 |
| 16 | 希拉·福里斯特小姐 | 157 |
| 17 | 戏剧性转折 | 167 |
| 18 | 维纳街上的谋杀案 | 174 |
| 19 | 科斯闵斯基的兄弟 | 186 |
| 20 | 夜访 | 199 |

## 第四部分　终结的开始

| | | |
|---|---|---|
| 21 | 有话要说的死者 | 215 |
| 22 | "游戏与谋杀"之夜 | 223 |
| 23 | 收网 | 236 |
| 24 | 第七重解答 | 249 |

尾声　　　　　　　　　　268

# 第一部分
8月31日的夜晚

# 1
# 奇怪的身影

晚上10点左右,爱德华·沃特金斯巡警照例走过圣詹姆士广场大道,每次夜间巡逻,他都会隔半个小时便走过一次这条街道。他在这片区域巡逻了很多年,除了处理过几个因醉酒而过度兴奋的醉汉外,没有碰到过任何意外,就连处理醉酒事件的次数也是屈指可数。他走在石子路上,想到自己的生活就像这个街区一样风平浪静,想到自己即将和妻子一起迎来舒适的退休生活,不禁笑了起来。对于爱德华·沃特金斯来说,他这一生都没经历过什么意外,至少在1938年8月31日的这个晚上之前是这样的。

爱德华将双手背在身后,压得很低的警盔帽檐挡住了他的脸。在这片寂静的街区中,只有他的脚步声在回荡。一座座沉闷压抑的高楼包围着圣詹姆士广场大道,将它淹没在黑暗里。夜晚风凉,阴森的墙面在薄雾中若隐若现。爱德华沿着国王街走了几米后，下意识地往后看了一眼。就在转头的那一瞬间，他听见街道的另一头——和伯里街交叉的路口——有脚步声传来。他回过身，只看到一个行人的影子被拐角后的路灯投射到他前方十多米远的墙上。

爱德华张大嘴巴，愣在原地。他只是在伯里街的拐角处稍稍瞥见了一个朦胧的黑影，但这一眼足以让他注意到影子的怪异之处：那个影子有着长长的鼻子——如果只是比正常人的鼻子长一两厘米，那也没什么奇怪的——这个鼻子长得惊人，已经超出了黑影的帽檐。

那个影子究竟是什么？难道是有人伪装成了一只鸟？

爱德华在那儿愣了一会儿，脑子里一片空白。回过神后，他沿着街道走到十字路口，向伯里街看去，正好看到那个人影拐进右边的小巷，而在那人影出现的地方，好像还有一个人率先拐进了那条小巷。但爱德华不能确定自己是否真的看见了另一个人，他只是隐约瞥见了一个穿着大衣的黑影。

紧接着又发生了一连串事件。那个人影很可能是听到了爱德华急促的脚步声，所以转向了爱德华的方向。对方看到爱德华时表现出些许惊讶，然后就消失在了小巷里。

换作平时，爱德华一定会立刻追上去。但刚刚发生的一切让他过于吃惊——尤其是发生在当下这个时代，所以他又晃神了好几秒才回过劲来。但他的感官不会欺骗他，刚刚那个奇怪的身影依旧浮现在他眼前：那个人穿着一件垂到脚面的长大衣，手上戴着手套，头上的帽子有着大大的帽檐，脸上戴着一副雪白的面具，面具中间有一个至少二十五厘米长的鼻子。尽管他过去从未见过打扮成这样的人，但曾经看过的图画书让他确信：他看见的这个人是一个瘟疫医生。

一个瘟疫医生。

伦敦曾经暴发过瘟疫。

一瞬间，爱德华想到了那场可怕的瘟疫。感染瘟疫的人像苍蝇一样倒在街道上，他们蜷曲着身体，伤口浮肿，脓包布满全身，发黑的眼皮和萎缩的脸颊显露出临终时的痛苦。尸体被一具具叠放在大车上，然后拉到城外挖好的大坑里埋起来。整座城市陷入莫名的恐慌之中。一栋接一栋的房子被瘟疫攻陷，而里面的住户不是死于疾病，就是死于饥饿。几乎无人从那场瘟疫中逃脱。

爱德华赶走了这些可怕的回忆，重新打起精神。伦敦的那场瘟疫早已在三个世纪前结束，而且现在的医疗手段也比以前更先进。至少可以肯定的是，现在的医生不会穿着那样奇怪的衣服走在大街上。刚刚看见的那个人兴许是一个滑稽可笑的狂欢者，只是不合时宜地出现在这个时候；也有可能是一个乔装打扮的恶人，正准备去干坏事……不对，这不合常理。那个人明明有很多更隐秘的方式去隐藏自己，为什么要……

爱德华不再去想这些问题，转而快步跑到巷子口——这条寂静又昏暗的小巷里根本没有任何人影。他缓慢地朝巷子里走去，警惕地睁大双眼，竖起耳朵。一缕缕光线从拉上的窗帘后面透出来。他走在潮湿的路面上，借着手里手电筒的光，查看四周的环境。小巷里既没有那个奇怪医生的踪迹，也没有其他人的踪迹，只有拱形门廊、隐蔽的墙角以及通向住户后院的入口——这些地方都是绝妙的藏身之处。

有那么一瞬间，爱德华想挨家挨户敲门去询问一番，但他很快打消了这个念头。他可以想象到这些刚刚入睡就被惊醒的住户在听到他描述那位瘟疫医生时会露出的震惊表情。这样做带来的结果，要么是他被看作一个疯子，要么会引发无穷无尽的恐慌。

爱德华走到巷子尽头后，又掉头回到伯里街，继续他的巡逻。他的脑海中涌现了许多假设，但没有一种能解释为什么一个身着好几个世纪前的装束（戴着长鼻子白色面具）的人会出现在这里。思索了一刻钟之后，爱德华开始怀疑是不是自己眼花了，是不是平淡无聊的巡逻工作让自己产生了幻想，是不是自己潜意识里希望发生点儿什么刺激的事来为工作增添一些乐趣。每个人在年轻的时候不都会幻想自己将经历一些冒险吗？是的，这是很有可能的事，甚至是极有可能的。在他任职期间，从未发生过什么大事。他的上司常常会跟他说："沃特金斯，如果我想保证一个地方风平浪静，只要派你去巡逻就行了。"

晚上10点30分，爱德华·沃特金斯再一次经过圣詹姆士广场大道。他已经说服自己去相信刚刚看到的那个人影是自己的幻觉，并且重新开始思考自己退休的事。退休对他来说也许是件好事，对这个地区的居民来说也是件好事，毕竟一个会胡思乱想的老人是无法保护居民的安全的。

附近教堂的钟敲了十一下。钟声在陷入一片黑暗的圣詹姆士广场大道上凄惨地回响着。巡警又一次走过圣詹姆士广场大道，他暗自发笑，思索着要不要把一个小时前产生的幻觉告诉自己的妻子：他，爱德华·沃特金斯——一个在职业生涯中没碰上过什么意外的巡警，竟然能在20世纪的伦敦金融城里遇见一个瘟疫医生！算了，还是不说了。如果妻子知道了，一定会在他以后的日子里拿这件事对他进行无休止的嘲笑，他可不想忍受这样的日子。爱德华沿着国王街慢慢地走着，然后进入贝维斯马克斯短街，接着再进入国瑞街。而他的噩梦就是从国瑞街开始的。

爱德华刚一走到这条街的中段，就看见在他右侧一个隐秘的角落里，有一个人趴在垃圾桶上。街道对面的路灯投射下来的灯光正好打在那个人身上，并将周围的环境照得一清二楚。那个垃圾桶就放在两座建筑物之间狭窄的死胡同里，这条小胡同长度不超过六米，宽度不超过三米。胡同尽头是一个小型公共喷泉，在喷泉右侧放着一个垃圾桶，左侧放着两个垃圾桶。而那个男人就趴在喷泉左侧、离爱德华更近一些的那个垃圾桶上，双手在垃圾桶里不停翻找，同时嘴里还嘟囔着什么。

到目前为止，今晚已经发生了两件让爱德华震惊到目瞪口呆的事情。显然，那个人并不是流浪汉，否则爱德华就不会如此惊讶了。那个人衣着完整，但他的服装又让我们这位可怜的警官难以置信：只见他头上戴着一顶大礼帽，身上披着一件黑色披风，脚边放着一根银头手杖,还有一个显然是医生专用的小型皮箱。一位医生——这是爱德华·沃特金斯的第一反应——却是一位来自几个世纪前的医生……深夜11点趴在垃圾桶上翻找着什么。

"科斯闵斯基,时间已经不早了。"这个人低声嘟囔着,但没有回头,"我还担心你没有跟上来……老天啊,我希望它不要过早被人发现。"他一边说着,一边猛地合上垃圾桶的盖子:"我们真应该把它放到别处……嘿!科斯闵斯基,你在听我说话吗?"

"先生,我想您是认错人了。"爱德华用礼貌的措辞、生硬的语气回答道,"我叫爱德华·沃特金斯,是这儿的巡警,不是您口中的科斯闵斯基。"

就像爱德华料想的那样,这个奇怪的男人因为爱德华的回答而感到震惊,他顿了顿身子,然后转过身来。

"哦,巡警先生!您吓了我一跳。"男人含混不清地说着。

爱德华默不作声地上下打量着眼前这个人:几缕红色的头发从大礼帽中散落下来,凌乱地贴在他的额头上;眉毛浓密且杂乱,戴着一副厚厚的眼镜,火红的胡须杂乱地垂下来;在他的胸前挂着一条闪闪发亮的表链;这个人还戴着一副黄色的手套,穿着一双油光锃亮的皮鞋。一个细节引起了爱德华的注意:他的脖子上绕着一根细绳,绳子上吊着一个小小的帆布包,一直垂到他白色的衬衣上。

也许是为了打破这个尴尬的局面,这个奇怪的男人再次开口:"嗯,看见您,我感觉安心了许多……刚才,我还以为有人想绑架我……"

爱德华没有回答他，他的目光先是停留在散落一地的垃圾上，然后挪到几分钟前就观察过的垃圾桶上，最后落在眼前这个陌生男人身上：

"先生，请您告诉我垃圾桶里的东西是什么，您在这里做什么，以及您是谁。"

"我是马库斯医生，很荣幸能为您效劳！"说完，男人对着爱德华欠了欠身。但这个动作在爱德华看来却是那么夸张，充满戏剧性。男人接着说："至于我为什么会出现在这里……这真是个好问题，极好的问题……但这个问题有点儿棘手。尊敬的长官先生，您可以向您警局的上司反映……先生……请再告诉我一次您的姓名。"

"我不是什么长官，我也不用向苏格兰场[1]汇报，"爱德华生气地说道，"请叫我巡警先生，现在请告诉我您在这儿做什么！"

马库斯医生笑了笑，然后若有所思地点了点头。

"好的……当然了。请您原谅。不过，希望您能理解，我对军队或者警察的行政制度并不了解……但这只是无伤大雅的小错误，并不能被定罪，不是吗，长官？"

爱德华心想：他要么是在无礼地取笑我，要么就是想激怒我，要么……他就是从疯人院里跑出来的疯子。爱德华努力平复

---

1 指伦敦警察厅。（如无特别说明，本书中注释均为编者注。）

情绪，随即改变了自己的话术："马库斯医生，跟我说说，您平时也是这副打扮吗？"

被询问者低头看了看自己的衣服，然后抬起头，义正词严地说道："您现在是在指责我的着装吗？难道我的穿着对于苏格兰场的警官们来说，还不够考究？"

"当然足够考究。"爱德华温和地说道，他现在已经认定面前这个人精神不正常了，"您的确很考究……但您的这种考究有点儿过时了，您应该明白我的意思吧？"

"我再明白不过了。"马库斯医生充满敌意地回答道，"我看您应该也是现代生活的追随者之一。你们这种人，无视过去，忽视真正的美……"

"我并不是这个意思，我是说……"

"巡警先生，您知道吗？我出门可都是要坐四轮马车的。当人们用电灯取代煤气灯的时候，我就搬离了我的公寓。您知道——"

"好了，马库斯医生，"爱德华立即打断他的话，"您不如一次性告诉我，今天晚上您为什么会出现在这里？您在这个垃圾桶里藏了什么东西？马库斯医生！"说完，爱德华又换了种口吻问道："您到底是什么医生？"

马库斯医生大笑起来。

"巡警先生，我感觉您把我当成了坏人，好像我犯了什么罪，甚至是杀了人一样！不妨让我来猜一猜：您一定认为我在垃圾桶里藏了尸体！"医生一边说着，一边用手指着自己刚刚趴过的垃圾桶。

"呃……"爱德华完全没有料到对方会这样说，一时不知该如何回答，"不管怎么说，但凡看到这满地的垃圾，就很难不胡思乱想，任谁都会猜想您是不是在垃圾桶里藏了一个体积庞大的'物体'，把这些垃圾倒出来就是为了腾出空间放这个'物体'……还有一点，我记得您刚刚说'我希望它不要过早被人发现……我们真应该把它放到别处……'。没错，我怀疑您说的就是一具尸体。"

"您说得真有道理啊！"马库斯医生举起双臂，惊呼道。他的动作就像是游乐场主持人向一位客人宣布他刚刚中了大奖一样。他接着说道："让我先回答一下您的问题吧。我是马库斯医生，伟大的马库斯，犯罪学博士！"

爱德华暗想：真的疯了，这个人有点儿危险。

想到这里，他毫不犹豫地朝垃圾桶走去，然后掀开了盖子：里面竟然什么都没有！除了桶的底部还有一些没被倒出来的垃圾，什么都没有！他带着凌厉的目光看向马库斯医生，对方则一脸困惑。

"什么都没有吧？"医生说道。

"什么都没有。"爱德华嘀咕道。

这位自称是医生的男人摇了摇头，然后用深沉的目光看向那个他趴过的垃圾桶对面的垃圾桶，说道："会不会是在那里？"

爱德华快步走到对面那个垃圾桶前，然后粗暴地掀开上面的桶盖——里面是满的。爱德华气愤地翻动着里面的垃圾，但这些垃圾实在令人作呕，他很快就放弃了翻找。爱德华回过头，愤怒地盯着马库斯医生，而马库斯医生则打开了第三个垃圾桶的桶盖，这第三个垃圾桶就放在他趴过的那个垃圾桶旁边。

"奇怪，怎么这个也是空的！"马库斯医生说道。

爱德华走到那个垃圾桶前看了看，确定了这个男人没有说谎。马库斯医生弯下腰，准备捡起地上的皮箱和手杖，爱德华立刻走了过去。这位自称是医生的男人直起身子，然后看到巡警用手指着悬挂在他身上的帆布包。

"马库斯医生，能否告诉我这是什么？"

"没问题。这个包里装着一些香料混合的粉末，有安息香、薰衣草以及迷迭香。如果要处理尸体，最好随身携带……"

爱德华没有回应这个男人说的话，而是在心里盘算着是否要把这个疯子带回警局。他能闻到对面这个男人身上散发着的刺鼻气味，这个味道他很熟悉。

"请允许我给您提一个建议，马库斯医生，您最好回家去，回到自己的家，洗一洗身上的酸臭味。我想，在翻找垃圾的时候，您已经……"

"巡警先生，不是这样的！我在脸上涂醋是因为……"

"好吧，好吧。请您记住我的忍耐是有限度的。马库斯先生，现在，马上回家！"

"不,是马库斯医生,"对方用更严肃的语气纠正道,"犯罪学博士。"

话音刚落,马库斯医生便向这位巡警致敬,然后转过身,挥舞着手杖走远了。走到小巷入口处时,他转过身对爱德华说道:"您最好再检查一下垃圾桶,我说的是第一个垃圾桶……谁知道又会有什么新发现呢。"

爱德华·沃特金斯心想:如果这个家伙再多说一个字,我就扑上去,立刻逮捕他。不过马库斯医生之后就不再言语,他脚后跟一转,然后扬了扬披风,离开了。

巡警听着医生的脚步顺着国瑞街渐渐远去,然后他又看了一眼医生最后提到的那个垃圾桶。爱德华耸了耸肩膀:这个医生比他预料的还要疯狂,竟然想要让一名巡警相信刚才还空空如也的垃圾桶里会突然冒出来一具尸体。这想法不仅疯狂,而且根本不可能。爱德华微笑着,随手掀开了那个垃圾桶的盖子。

紧接着,他瞪大了眼睛:垃圾桶里确实出现了一具尸体!

# 2
## 不可能

　　爱德华·沃特金斯下意识地掏出自己的手电筒照向垃圾桶内部，他想确认是不是有人在对他恶作剧，接着他立马转身跑向国瑞街，试图追上马库斯医生。然而在与贝维斯马克斯短街的交叉路口上，一个人影都没有。爱德华停下脚步，不再继续往前走。刚刚逃跑的那个人比爱德华早离开约二十秒的时间，这也足够让他逃离爱德华的视线。在追赶逃跑者的路上，爱德华途经了五六条小巷，但他都只是匆匆地往里面瞥了一眼，至于巷子里是否有人，他根本无法确定。爱德华一边用力地吹着哨子，一边沿着贝维斯马克斯短街匆匆忙忙地向北走去。毫无收获！他转回头，朝伯里街看了一眼，然后又朝公爵街看了一眼，还是没有什么新发现。

　　过了一会儿，被他的哨声引过来的同事哈维巡警赶到了现场。哈维的日常工作就是在与贝维斯马克斯短街平行的猎犬沟渠街上巡逻，所以他在听到一声声急促的哨声后就立刻赶了过来。爱德华向哈维简单介绍完情况后，两人一起回到了伯里街上的那个角落。在手电筒的灯光下，两人静静地审视着垃圾桶里的那具尸体：一具男尸，身体蜷曲成了一团，膝盖顶着下巴。为了看清死者的长相，爱德华揪住死者的黑色鬈发——只见他面色苍白，五官痉挛般扭曲着，似乎死前经受了极度的痛苦；他的眼睛周围布满黑晕，眼皮也发黑；脖子侧面有一道奇怪的伤口，两侧脸颊布满巨大的脓包。

"要是我没弄错的话，他死前生过重病……"哈维发表了自己的评论，"因为他的脸色很奇怪。"

爱德华猛地松开抓住尸体头发的手，就好像是被烫到了一样。按照哈维的要求，爱德华讲述了自己发现尸体的前后经过——这段恐怖的经过。

"确实很奇怪……"哈维巡警说，"你第一次看向这个垃圾桶里面的时候，没有看见尸体？你确定吗？"

"百分之百地确定。"爱德华嘟囔道，"我刚刚讲述的这一切的确很难让人相信，真的很不可思议——"

"停住，"哈维打断了爱德华的话，"当你去检查对面那个垃圾桶的时候，那个垃圾桶里是装满东西的，那么你当时肯定是背对着那位马库斯医生……"

"我知道你想说什么——他也许是利用了这个空隙把尸体塞

进了垃圾桶……也就是说,在这之前,他把尸体提前藏在了其他地方。"

"是的。在你翻找另一个垃圾桶里的东西时,肯定会弄出一些噪声,也许你没注意到他在你背后的动作……"

爱德华摇了摇头。

"唉!这种情况是不可能发生的。你看,这个地方光线充足。如果他事先把尸体放在垃圾桶外面,我不可能看不到。这里根本藏不了任何东西。再则……"爱德华抬头看了看,"这条死胡同里并没有窗户。假设他选择最极端的方法——我发誓他不会这么做——将尸体靠在那个垃圾桶后面的墙上……"爱德华用手指了指另一个垃圾桶,也就是装着尸体的垃圾桶右边的那一个。

"说不定他把尸体藏在了那个垃圾桶里!"

"这也不可能。我转身的时间只用了五六秒,我敢保证,不超过六秒。你知道的,搬运一具尸体不是一件轻松的事。他需要在这么短的时间里把尸体装进垃圾桶里,还要把尸体摆成这种独特的姿势,这是不可能的……把尸体塞进去可不是一项简单的工作!"

"你说得没错。"哈维用遗憾的口气表示赞同,"好吧,我们现在去找找能帮得上忙的人。"

爱德华和他的巡警同事一直走到贝维斯马克斯短街的拐角处。他的几声哨声惊醒了附近的居民,街道上瞬间多了好几扇被灯光照亮的窗户。在贝维斯马克斯短街和国瑞街交界的拐角处有一座房子，离案发现场不到三十码[1]，房子底层窗户的灯光也亮了起来。爱德华能够清楚地看到有两张脸贴在窗户玻璃上。这种人类天生的、令人厌烦的好奇心让巡警感到烦躁，他朝那扇窗户狠狠地瞪了一眼。

爱德华还没走几步路，就听见身后传来打开窗户的声音。他转过身，准备呵斥这两个不知趣的人。但是从窗户里钻出来的男人那一脸憔悴的样子让爱德华打消了这个念头。

"巡警先生，您……您找到他了吗？"这个男人颤抖着说道。

"您说的'他'，是指谁？"爱德华问道。

"我们的房客……戴维·科恩先生……他得了很重的病，而且……"

"哎呀！"爱德华嚷嚷道，他现在哪儿有什么心情去管别的事，"这个时候他还能出去溜达，说明他的病并不严重啊！"

"先生，您不了解情况啊！"这个男人惊慌地说道，"他竟然在走廊里凭空消失……而且他还染上了瘟疫！"

爱德华感觉自己的膝盖在颤抖。他觉得现在发生的一切都是他做的一个噩梦。他凝神看着眼前这个老男人，觉得对方就像是刚刚从狄更斯的小说中走出来的人物，像一个幽灵，或者说是老吝啬鬼——斯克鲁奇[2]。他有着异常消瘦的脸颊、尖尖的鼻子、薄

---

1 英美制长度单位，1码合0.9144米。
2 出自英国作家查尔斯·狄更斯于1843年所著小说《圣诞颂歌》（*A Christmas Carol*），小说讲述了爱财如命的斯克鲁奇在圣诞夜遇见三个幽灵后受到启发并痛改前非的故事。

嘴唇，还有因紧张而不断抖动的下巴。他的身后站着一个灰头发的女人——估计是他的妻子，她的表情同样惶恐不安。这时，爱德华注意到了一个细节：这两人的脖子上也系着绳子，绳子的另一端有一个垂到胸口的小布包——和马库斯医生的布包一样……

"那些医生没有跟您说吗？"

"什么……什么医生？"爱德华艰难地吐出了几个字。

"罗斯医生、谢尔顿医生……还有一位医生叫什么来着，埃米莉？"

"马库斯医生。"女人回答道。

爱德华掏出一块手帕，然后轻轻抬起警盔的帽檐，擦了擦已经被汗水浸湿的额头。随着夜色渐浓，爱德华越来越能感觉到自己的理智在逐渐消退。而路易斯·明登夫妇随后的叙述丝毫没有缓解他的这种疑虑，反而加深了爱德华对自己的怀疑。夫妇俩的叙述仓促且缺乏逻辑，爱德华觉得他们所讲述的故事比刚刚发生在街头的事情还要荒谬。

不过有一点可以肯定：今晚所见的一切都是真实的，不是梦。夫妇俩对马库斯医生的叙述完全符合爱德华在那个死胡同里见到的那个疯子的样子。至于罗斯医生和谢尔顿医生，他们都戴着宽檐帽和白色的面具，面具上有着长长的尖嘴。毫无疑问，爱德华晚上10点左右在伯里街看到的那个奇怪身影肯定就是他们中的一个。

但这一切到底是怎么回事？还有，那个感染瘟疫的房客从走廊里神秘消失又是怎么回事？

"这位戴维·科恩先生，"爱德华问道，"是不是一位二十五岁左右、有着微鬈黑发的男人？"

夫妇俩对巡警的描述表示赞同。

看到他们的反应，爱德华猛地抬起胳膊，惊恐地看着自己的右手——他就是用这只手抓起了那具尸体的头发。

"巡警先生，您没事吧？"路易斯·明登问道。

"没……没什么事。"

"您觉得我们现在需要立刻去医院吗？如果真的染上了那种病……"

"别担心。有一位医生——我是说一位真正的医生——正在赶往这里。好了，现在请你们开门让我进去，然后详细地向我叙述事情的经过。"

大约十秒钟后，位于窗户左侧的房门打开了。爱德华跟随路易斯·明登走进了一个小小的门厅。门厅里有一扇装有玻璃的门，门后通向一条长长的、半明半暗的走廊。在走廊的左侧，紧挨着玻璃门的位置，有一条通向楼梯井的通道。在右侧对应的位置上也有一扇门，通往房东的公寓。明登太太站在门槛上，身后的房间里投射出的微弱灯光将她的影子拉长。

她那双毫无生气的眼睛盯着对面的楼梯台阶，说道：

"其他房客都住在楼上……只有科恩先生除外。"她用颤抖的食指指了指走廊尽头一个亮着光的长方形房间。

爱德华观察着通向死者房间的狭窄通道。另一端的房门开着,屋内的灯光勉强照亮了房门前铺着深色石板的走廊,走廊里散发着一股因湿气和长时间封闭所产生的霉味。这里潮湿且阴冷,温度似乎比外面的街道上还要低。明登夫妇的公寓里也没有一丁点儿热气,显然和住在里面的这两个人一样,冰冷且阴沉。

爱德华环顾四周。

"走廊里没有电灯吗?"

"呃……没有。"路易斯·明登用微弱的声音回答道,"我们觉得没有必要安装电灯,因为这条走廊只供科恩先生一个人出入……但楼梯井里是有电灯的!"

"我明白了,说说今晚的事吧。"

"从科恩先生的房间里传来呻吟声和尖叫声的时候,我们正坐在客厅里。听到声音后,我们立即就走出了客厅,想要看看发生了什么事。"

"几点钟发生的事?"

"晚上10点20分。我还看了一眼时钟呢。对,我们当时就站在这个位置……一抬眼就看见了科恩先生房间里的人影,吓了一跳,准确来说,不是一个人影,而是好几个人影。当时他的房门是开着的,那几个人影正对着我们,一个接一个地排成一列,好像抬着什么东西。不过,最让我们吃惊的是他们怪异的穿着。您要是看到了,肯定也会吓一跳。他们戴着白色的面具,上面有一个很长的鼻子……其中一个人戴着大礼帽,那个人看到我们之后就朝我们招手示意,让我们过去。我想……您或许可以去科恩先生的房间了解一下大致的情况……我们……我们还是留在这里吧。也请您留意一下走廊,您会看到从门槛这里一直到科恩先生的房间,走廊周围的墙壁上没有任何出入口。"

爱德华犹豫了几秒钟后,抬步走向科恩的房间。这段走廊上确实没有任何出入口——天花板和地板上没有可移动的门,墙壁上也没有窗户或者房门。的确什么都没有。走廊是用深红色的石板铺成的,墙壁上贴着暗绿色的旧墙纸,从好几处都能够看到开裂的石膏板。爱德华注意到,在走廊的中段位置,右侧的陈旧墙纸后面,有一扇门的形状,于是他转过身去。

"这是什么?"他一边问,一边用手指描绘着门的轮廓。

"啊!这个啊!"明登先生回答道,"那扇门原本通向我们的公寓,之前改造房子的时候,我们顺手把那扇门砌死了。"

爱德华敲了敲那个地方,发现确实是结实的墙壁。然后他又继续往前走,一直走到了戴维·科恩的房门口。他在门口停了下来,用手捂住嘴巴,探着身子朝屋里扫视了一圈。房间十分简陋,只有屈指可数的几件家具。潮湿的墙壁上刷着一层可疑的黄色油漆,很多墙皮已经脱落,看上去一片斑驳。对面墙壁的正中间有一扇没有窗帘的窗户,窗框上装着一排铁栅栏作为防护栏。窗户的左侧是一个洗手池,右侧是一个小小的圆柱形炉子。一个枞木材质的衣柜靠在右侧的墙壁上,旁边是一张铁架床。在床前的地面上,放着一个乐器盒、一沓曲谱、一包香烟,还有一个烟灰缸。

爱德华转身走回到路易斯·明登身边。他还没开口说话,房东就主动继续说道:

"当时我们走到科恩先生的房间,来到那几个人跟前,只看见两个瘟疫医生抬着一副担架,一动不动地站在那儿。可怜的科恩先生就躺在担架上,痛苦地扭动着身子。他一脸惨白,脸上长着很多大脓包……脖子上还有一道骇人的伤口。那个戴着大礼帽、留着橙红色胡须的人手上拿着一支注射器,对我们说:'你们不要害怕,别慌。我没猜错的话,你们是房东吧?'我们回答说,我们就是房东。'我是马库斯医生。'那个人继续说,'这位是罗斯医生(他指了指在担架前面位置的人),这位是谢尔顿医生(谢尔顿医生象征性地点了点头,和我们说了几句客套话)。你们的房客得了重病……我们断定他染上了瘟疫。'"

路易斯·明登停顿了一下,然后继续说道:

"您可以想象一下,我们当时听到这些话有多么震惊。我们震惊到给不出任何反应,好半天都愣在原地,很难相信刚刚在眼前发生的事。然后马库斯医生拿起他的皮箱,示意我们跟着他到走廊里去。他让我们不用担心,并且提醒我们做好防护。他从医疗皮箱里拿出了两个小瓶子,还有两个系着绳子的小布包。当时他说了什么,我有些忘记了,但我会努力回忆一下。

"马库斯医生说:'这些是给你们的。亲爱的,把这个挂在你们的脖子上。这些袋子里装着一些有益健康的香料,能够抵御各种病毒。(他打开了第一个瓶子)这是醋……把它抹在脸上和

手上，效果非常好。（然后他打开了第二个瓶子，倒出了两枚药片）还有这个，吃了它就不会有危险了……'

"我们按照他的嘱咐一一做了。我们当然要听他的话！

"'可是，我不明白，另外两位医生为什么要打扮成那个样子？'埃米莉当时问道。

"'我的朋友，因为法律里有明确规定——是的，没错，这确实让人觉得可笑，但法律就是法律——如果有人感染了瘟疫，就必须由穿着特殊服装的医生来运送病人。这样做是为了提醒其他人，担架上躺着的是染上瘟疫的病人。话又说回来了，在我们这个时代，这种规定就有些可笑了。在过去的一个多世纪里，我们都没有经历过瘟疫。至于这条规定为什么还没被废除，没准儿是法律上的漏洞，又或者是立法人的疏忽，总之这条古老的法律仍然生效……不管怎么说，我不想因为触犯法律而被吊销执照。好了，我现在要问你们几个问题。首先，你们对科恩先生了解多少？'

"'虽然他在我们这儿已经住了三年，但我们对他并不是很了解。我猜他也许来自波兰……我只知道他是一名乐手，经常很晚回家。正因为他回来得很晚，所以我们很少有机会见到他。还有，他也不是一个健谈的人，至少和我们没怎么说过话。'

"'你们最后一次见到他是什么时候？他当时的情况怎么样？'

"'我们最后一次见到他是在前天，快中午的时候。他当时

还挺正常的，至少从他的表现中看不出任何生病的迹象……'

"'他和其他房客的关系怎么样？'

"'不怎么样，他们不怎么接触。这一点我几乎可以肯定。'

"'好的……明登先生和明登太太，你们要清楚一点：瘟疫是一种相当危险的传染病，它的病症发展到一定阶段之后很有可能致命。'

"'您的意思是科恩先生无药可救了？'

"'很有可能……他现在的状态很糟糕，看着快不行了。'

"'可是，他要是死了，谁来替他结清房租？他还欠我们三个月的房租呢。'

"'我认为目前还有比房租更重要的事要解决。我问你们这些问题，是为了确认是否有其他租客也染上了瘟疫。你们向我们提供的这些信息或许能帮助我们找到病毒的来源……请告诉我，房子里的其他房间是否……也像科恩先生的房间这样简陋？'

"'我们收取的房租非常低廉，马库斯医生！我们哪儿还有什么钱把房间装修得很豪华……'

"'我这么说，不是要责怪你们，只是想给你们提个醒。我可以确定：这座房子里的每一个房间都将接受严格的卫生检查。你们要知道，瘟疫总是在肮脏的环境中滋生。如果你们的房子不符合卫生标准，你们可要做好付出惨痛代价的准备了。算了，和瘟疫相比，你们房子的卫生条件只是一桩小事。顺便问一句，你们现在没有感觉到身体上的疼痛吧？'

"'没有……怎么了?您刚才不是说,吃了药就不会有危险吗?……'

"'你们当然不会再染上瘟疫了,不过,我说的是从现在开始。如果你们在吃药之前就已经染上了瘟疫……那我可不能保证了。不过你们也别担心,过一会儿我会回来给你们检查一下的,请别着急。现在,在我们把病人运走之前,为保险起见,请你们再确认一下他是不是科恩先生——我们可不想弄错了病人的身份。'

"于是我们回到了科恩先生的房间里。巡警先生,您可以想象一下我们当时怀着怎样的心情。科恩先生还躺在担架上痛苦地扭动着身子。我们看了一眼,确认那就是科恩先生。另外两位医生好像等得有些不耐烦了。由于科恩先生在不停地扭动,罗斯医生的身子也跟着轻微地摆动,谢尔顿医生则意味深长地叹着气。'好了,现在我们要把他抬走了。'马库斯医生说,'至于您二位,你们最好还是回到自己的房间里,耐心地等我回来。'于是,在马库斯医生的陪同下,我们沿着走廊回到自己的房门口。马库斯医生对我们又说了些话,还给我们提出了建议。然后,他朝着还留在科恩先生房间里的两名同事打了一个手势。"

"我清楚地记得,"这时,一旁的明登太太插嘴说道,"我们当时都往科恩先生的房间瞥了一眼。房间里的那两名医生朝我们走过来,但他们走得很慢,看起来很费力,也许是因为担架上不停扭动的病人让他们很难控制住担架。他们的身影融入了走廊里的昏暗场景中，我们看不清具体的情况。当他们走到走廊中间位置的时候，担架突然翻倒。至少其中一个医生摔倒了，不过他很快又爬了起来。之后，我们听到有人尖叫：'当心，他跑了！'"

路易斯·明登说："当时的场景十分模糊，在昏暗的灯光下，我们只能看到一些暗影。我可以发誓，我的妻子也可以发誓。马库斯医生也会证明我说的是事实。巡警先生，正如您所看到的，虽然走廊里的光线确实很昏暗，但身边如果有人经过，我们还是可以看清的。我们当时都很小心谨慎，生怕碰到病人。罗斯医生和谢尔顿医生先后检查了地上的担架以及周围的墙壁……就在那扇被砌死的门的旁边。

"'我的天哪，他跑到哪里去了？'马库斯医生抱怨道。

"'他……他从担架上跳了下去。'其中一个医生回答道，'但是，我没看清他往哪儿跑了……'

"'这么一个大活人就突然消失了……'另一个医生嘟囔道，'是不是穿墙了？……对，是这儿！'那个医生用手指着那扇被砌死的门。

"'唉，你们是疯了，还是怎么了？'马库斯医生嚷嚷道，他用力踢了踢放在地上的担架，担架因受力而翻转了过来，'他肯定跑回房间了，哪有你们说得这么复杂！行了，罗斯，你到走廊那头去，看好楼梯口，别让他从我们身边溜走。谢尔顿，你跟我来。还有明登先生和太太，你们也一起来，你们或许能告诉我们他的房间里有哪些可供藏身的地方。'

"我们照他说的做了,但是房间里什么都没有,根本没有科恩先生的影子。您已经看过那个房间了吧,巡警先生?房间里唯一能够藏人的地方只有衣柜和床。我们当时检查了衣柜,但是里面只有衣服,没有人。还有他的床,床上没有藏人,床下也没有藏人。至于窗户,那上面安着铁栅栏,人怎么可能钻得过去?而且,窗户到现在都是从里面锁上的。

"马库斯医生站在房门口看着我们在科恩先生的房间里寻找,他和我们一样很困惑。随后,他转身走到走廊里。我们和谢尔顿医生找了一会儿就停下了。回到走廊上,我们看到罗斯医生背靠在楼梯口旁边的墙上,马库斯医生抓着他的两只胳膊,好像在跟罗斯医生说些什么。等我们靠近的时候,马库斯医生立刻转回身,然后朝谢尔顿医生看了一眼,但他的眼神有些奇怪。他对我们说:'别担心,明登先生和明登太太,别担心……我们会处理好这件事的。放心,我们会找到他的,你们要做的就是回到自己的房间里,把门锁好,耐心等我回来……'马库斯医生说话的时候,一直用手抓着罗斯医生。

"我们很害怕地回到了自己的公寓里。当时应该是晚上10点40分,他们在走廊里轻声说了些话,然后就走了。有一点很奇怪:他们不是坐汽车来的,因为我们没有听到汽车启动的声音,又或者他们把汽车停在了远处。我们也没有看到他们从我们的窗户前走过……应该是去往街道的另一个方向了。半小时之后,我们听到了哨声,接着我们就看到了您,巡警先生。"

屋内突然沉寂了下来。爱德华·沃特金斯若有所思地看着眼前这对老夫妇。在微弱的灯光下，他们的身影显得更加消瘦，脸上担忧的皱纹和焦虑也毫无保留地展现在了爱德华面前。他们干瘪的双手交叉握着，嘴唇也在颤抖。爱德华的脑海里立马浮现了几个形象：狄更斯笔下的斯克鲁奇和他的幽灵们。

"巡警先生，我知道您在想什么，"老人急匆匆地说道，"您把我们当成了精神病人，认为这个故事是我们编造的！但是，上帝可以做证，我们说的绝无半点虚假！"

这时，窗外传来一声声警笛。爱德华在离开这座房子之前向这对老夫妇保证，自己会带着一名医生和其他警员回来。

离开屋子后，爱德华用力地呼了一口气，似乎想要把在这座阴森森的房子里吸入的浊气全部吐出来一样。两侧的路灯注视着寂静的街道，将乳白色的灯光投向了凹凸不平的路面。爱德华看到一辆警车停在了刚刚发现尸体的那个角落附近。他缓缓向前走去，脑子里一片空白。刚才这段可怕的所见所闻已经彻底把他搞晕了：一个得了瘟疫的人从那条密闭的走廊里凭空消失，但是几分钟后就像变魔术似的出现在一个垃圾桶里，这也太疯狂了！

带栏杆的窗户

洗手池

戴维·科恩的房间

担架

床

衣柜

2

3

走廊

1

楼梯

入口

明登夫妇的公寓

贝维斯马克斯短街

国瑞街

1. 假定的失踪地点
2. 罗斯医生
3. 谢尔顿医生

# 3
## 毫无希望

"上述内容就是案件的全部情况,绝无半点儿虚假。"几天后的下午,在"三把左轮手枪"酒馆烟雾缭绕的环境中,一个声音低沉地说道,"图威斯特,我们认识这么久了,你也知道我做了一辈子的探长,经手过不少荒诞离奇的案件,但我们必须承认,这一次的案件确实很荒谬——荒唐的事情接连发生,而且一件比一件离谱。感谢上帝,让我们堵住了媒体的嘴。你想想,如果这些细节被公之于众,会引起怎样的骚动!那些可恶的记者还不知道会怎样添油加醋地渲染这起案件……"

苏格兰场的探长阿奇博尔德·赫斯特约莫五十岁,身体肥胖,面色红润。他刚刚向坐在他对面的图威斯特博士叙述了在8月31日那个晚上发生的那起不可思议的事件,忠实还原了爱德华·沃特金斯巡警在调查报告中记录的案发过程。

"说真的，图威斯特，"赫斯特继续说道，"你是如何看待这件事情的呢？"

坐在赫斯特探长对面的这位六十多岁、德高望重的老人若有所思地摸着自己漂亮的橙红色胡须。阿兰·图威斯特身材修长且清瘦，总能让人想起一位慈祥和蔼的绅士——他看起来正沉浸在自己美好的退休生活中，并且越来越享受其中。只有从他的夹鼻眼镜后面那双蓝眼睛中透出的狡黠光芒，透露出他曾是一位很有名的犯罪学专家。伦敦所有重量级的警察局里都曾出现过他高大的身影，大家都很欢迎他的到来，尤其是在遇到棘手的案情时。

"说实话，我觉得这个案子很有创意，甚至可以说很有意思。"图威斯特缓缓说道，"不过，那个乐手可真倒霉。"

赫斯特将杯中的啤酒一饮而尽，然后不满地低声说道：

"你不这样说，我才要感到惊讶呢。案件越古怪，你越感兴趣。这个案子离奇荒诞，正合你的胃口。问题是，我最不想处理这种情况复杂的案子，但我偏偏运气差，总能遇到这类案件，躲也躲不开；也偏偏总是有人来找我处理这类案件，说什么我有这个能力，还说什么我是这方面的专家……你看看！这些案件就像长了脚似的，通通跑进了我的办公室！"

"好了，阿奇博尔德，你就别抱怨了！我倒觉得这是一种夸奖。现在，你就跟我讲讲接下来发生的事情吧。我猜那个可怜的乐手或许根本不是死于瘟疫！"

"当然不是。报纸上有提到他的腹部被捅了两刀。脸上的脓包、发黑的眼睑、脖子上的伤口……都是巧妙的化装！按照法医的说法，死亡时间在尸检前一小时，大约在10点45分，也就是在他从走廊消失不久后。他的父母是来自波兰的犹太人，现在已经去世了。戴维·科恩是他们唯一的孩子，他在英国好像也没有什么亲人。他在伦敦苏活区的一个夜总会里演奏单簧管，那里的乐手都称他是一个很好相处的伙伴，平时做事很低调。虽然对他的私生活不甚了解，但他们认为戴维·科恩应该不会与人结仇。那些乐手也透露戴维·科恩最近在和一个年轻女孩交往，但对那个女孩的描述仅限于'一个漂亮的黑发洋娃娃'，因为他们只见过那个女孩一两次，也不知道她叫什么名字，不过他们也说如果见到了，肯定能够认出来。他们还说戴维·科恩谈恋爱之后花钱如流水。这或许可以解释他为什么会拖欠三个月的房租。

"这也让我们重新把注意力放回明登夫妇身上。这对夫妇看起来很普通，却视钱如命，吝啬得很，虽然他们银行账户上的金额足以让他们过上舒服日子，比如改进公寓的取暖设备。我跟你说这些，是想说明登夫妇一想到戴维·科恩欠了他们三个月房租，肯定会感到不舒服。这能作为作案动机吗？有没有可能是他们做了一场戏给我们看，就为了摆脱他们自己的嫌疑？可这也太荒谬了。首先，谁会杀一只会下金蛋的母鸡？——如果你能接受我这样形容死者的话。其次，我觉得这对老夫妇应该编造不出这样的故事。再说了，爱德华巡警还看到了一个'瘟疫医生'，并和那位神秘的马库斯医生进行了交谈。我相信爱德华的为人，并且愿意为他和他的证词作保。这也恰恰证明了明登夫妇并没有产生幻觉。尽管我并不想承认，尽管这个故事听起来确实很不可思议，但是所有的证据都表明，这三个证人都没有撒谎……"

"我赞同你的观点，阿奇博尔德，"图威斯特点头说道，他努力隐藏起自己想笑的冲动，"还有其他线索吗？"

"马库斯医生、谢尔顿医生以及罗斯医生都戴着手套，所以我们在现场采集不到有用的指纹。而且不出我们所料，医疗界没有人认识这三个人。就算顺着他们给明登夫妇的那两个装有胡椒和其他香料的小布包，我相信我们也无法找到他们。死者的床边放着一盒香烟，我们注意到这盒香烟中有几支烟有些特别——它们是用手捻出来的，烟丝里还掺了一些印度大麻。这可能把我们引向毒品问题……但我觉得这个设想不太可靠。你知道的，在艺术家或者音乐家的圈子里，烟里有大麻也没什么稀奇的。另外，烟丝中印度大麻的含量并不高。"

"你说得很有道理，我再次赞同你的看法。还有一点，毒贩们会采用更简单直接的方式去处理这些事情，而不是大费周章地设计这些情节。还有别的发现吗？"

"没有了……对了，有人将一根银头手杖交到了失物招领处，说是在伯里街附近的一个门廊下捡到的。爱德华·沃特金斯认为那就是马库斯医生的手杖。我认为爱德华是对的，因为那根手杖上没有任何指纹——这不是很有问题吗？手杖的样式老旧但很常见。这可能是条线索，也可能不是。"

"奇怪……"图威斯特博士闭上了眼睛,喃喃道。

"哪里奇怪?你认为马库斯医生是故意把手杖留在现场的?"

"当然不是。这根手杖很显然是他逃跑的时候落下的。我说的'奇怪'是指……算了,先不提这个。要想搞清楚这究竟是怎么一回事,最好的办法是把那个离奇的晚上发生的主要事件按照时间顺序从头到尾捋一遍。"

"晚上10点,爱德华·沃特金斯在国王街看到了一位'瘟疫医生'。在那个'瘟疫医生'走进小巷前,他还看到有一个人走在他前面。依我看,这个'瘟疫医生'很可能就是那三个所谓的医生中的一个,当时正在赶往不到两百米外的戴维·科恩的住处。

"10点20分,明登夫妇听见了房客的呻吟声。他们走出房门,站在走廊里,看到几个人聚集在戴维·科恩的房间里。

"10点35分,戴维·科恩在走廊原地消失了。

"10点40分至10点45分,马库斯、罗斯和谢尔顿走出明登夫妇的公寓。戴维·科恩应该就是在这个时间遇害的,他的腹部中了两刀。

"11点零5分,爱德华·沃特金斯看到马库斯医生俯身趴在一个空垃圾桶上面……五分钟之后,爱德华又在同一个垃圾桶里发现了戴维·科恩的尸体。

"11点20分,明登夫妇接受爱德华·沃特金斯的询问。

"11点45分,警车和法医到达现场。

"我们现在至少能确定的是,眼前有一堆未解之谜等着我们。起初我们想当然地认为这是精神失常的人搞出来的闹剧。但死者的突然消失和突然出现让我们彻底否决了这种假设。但是，为什么……为什么凶手要精心设计这个场景？是为了构陷明登夫妇吗？"

赫斯特阴沉着脸说道："我们当然考虑过这种可能性，但到目前为止，我们还找不到任何线索去支撑这个作案动机。首先，这对夫妇没有交际圈，没有人在意他们，他们也没有孩子。其次，只有爱德华·沃特金斯一个人在那个死胡同里见识了马库斯医生的'表演'。难道马库斯医生是专门给路过的巡警表演的？这也说不通，因为巡警之后遇到明登夫妇完全是随机的。如果没有遇见这对夫妇，他也就不会知道'第一幕中的情节'——请允许我这么表达。不过我现在可以肯定的是，这三个所谓的医生是共犯。至于戴维·科恩和他们是不是一伙的，我还不能确定，但他至少不会参与谋杀自己的阴谋。或许是那三个'医生'给戴维·科恩吃了什么药，又给他化了装，让他以为自己染上了瘟疫。但在这种情况下，如果他们想要欺骗戴维·科恩，为什么又要那么快除掉他？此外，让他的尸体在垃圾桶里'重现'这一幕又有什么意图呢？

"我认为当前更重要的，是要确认在这个案件中，谋杀戴维·科恩究竟是他们的最终目的，还是说这只是他们计划中的某一个环节。我不知道你的想法是什么，图威斯特……但我有一种不祥的预感——我倾向于第二种可能性。很难想象凶手会冒着杀人的风险来误导调查人员。"

"我同意你的看法，但这对我们破案并没有什么帮助。他们的作案动机仍然模糊不清。而且，他们设计这些情节又是为了什么？"

随后是一阵沉默，至少他们这一桌是这样的。酒吧里充斥着顾客们低沉的议论声，他们都沉浸在各自的话题中，没有人会注意到坐在昏暗角落里的阿奇博尔德探长和图威斯特博士。探长那只毛茸茸的大手停止了在桌面上敲击的动作，他抬眼看着他的朋友，说道：

"这三个'医生'是一伙的，这一点我们都是同意的。让我们暂时先跳过他们的作案动机。我不敢说这三个人都是杀害戴维·科恩的凶手，但马库斯医生肯定是。无论如何，他至少是一名帮凶，这一点可以从他和爱德华·沃特金斯的对话中得到确认。让我们再回顾一下尸体在垃圾桶里'重现'这个情节：爱德华·沃特金斯确定，他第一次在垃圾桶里看到的确实是一具真正的尸体，而且十有八九也是几分钟后哈维巡警在场时他们同时看到的那一具。我刚刚说的这些，你能理解吧？所以，我们可以排除一种可能性：有人先钻进垃圾桶假扮成尸体，等巡警离开之后，他又爬了出来，并且把真正的尸体塞进垃圾桶。那么问题又来了，尸体到底是怎么跑进原本空着的垃圾桶里的？爱德华·沃特金斯发誓说，他转身去翻看放在对面那个装满垃圾的垃圾桶时，只用了几秒钟。仅靠一个人的力量是不可能在这么短的时间内把一具尸体塞进垃圾桶，还摆成巡警们之后看到的那个姿势的。我们已经亲身验证了这一点。然而，这对两个人来说却是可行的。可当时现场只有马库斯医生一个人。另外，尸体是从哪儿冒出来的……图威斯特，你在听我说话吗？"

比起听朋友的分析，图威斯特博士似乎更专注于给他的烟斗填烟丝。当他抬起头时，探长看到他的夹鼻眼镜后面闪着狡黠的光。

"哦，我当然是在听你说话啊！你的分析很有道理……不过，我现在更关心房客在走廊里消失的问题。我猜警方已经彻底搜查过那个地方了……就没有发现什么秘密通道？"

"要是有秘密通道，那就太好了。结果当然是没有。我们对墙壁、地板和天花板进行了地毯式的搜查，也检查了窗户上的铁栅栏，没发现任何特别之处。我们向明登夫妇再三确认过那段'名场面'——从那两个'瘟疫医生'踏入走廊到戴维·科恩从走廊消失——在短短几十秒的时间内是如何发生的。但很不走运，他们仍然坚持之前的口供，这也掐灭了我们破解这个棘手难题的种种渺茫的希望。

"有关搜查这部分，我们之后再谈，我想先回顾一下那三个狡猾的人和他们的伪装。毫无疑问，马库斯医生也是经过乔装改扮的。他扮演的这个来自17世纪的医生角色太过还原，不可能是真的。他一定是使用了假胡须、假发、厚厚的玻璃护目镜的。他的声音很可能也是伪装出来的。爱德华·沃特金斯和明登夫妇对于这人语调的描述并不完全吻合，不过他们都认为马库斯医生刻意改变了嗓音。罗斯医生和谢尔顿医生同样是一副'瘟疫医生'的装束：他们戴着一顶宽檐帽和一张做工粗糙的大号纸质面具，面具的中间有一个长长的尖喙，眼睛的位置有两个洞，手上戴着厚厚的手套。我们询问过明登夫妇是否能区分这两个医生，他们说能区分：虽然两个医生都穿着立领的黑色长大衣，但是罗斯医生——也就是站在担架前面的医生——还套着一件及腰的小斗篷，也是黑色的，完全盖住了他的胳膊；另外，罗斯医生似乎比谢尔顿医生要矮一些，而谢尔顿医生看起来比常人要高一些。最后一个细节：他们的长大衣都垂到了脚面，而且大衣的前面有很多纽扣。你很快就会明白我为什么要强调这个细节。

"当时我脑海里出现的第一个念头是：在担架翻倒之后，明登夫妇再次走进走廊与两个抬担架的医生碰头之前，戴维·科恩趁机从明登夫妇的中间溜了过去。但他们发誓说没有人从他们身边经过。他们发誓说担架落在地上后，虽然当时马库斯医生就跑在他们前面，但他们绝不可能因为他的干扰而没注意到身边有人逃跑。他们还发誓说担架下面没有藏人，也就是说地板上没有人。他们甚至发誓说罗斯医生和谢尔顿医生更不可能把人藏起来，比如让逃跑者钩住某人的肩膀藏进大衣里。总之，他们百分百肯定走廊里只有五个人：两个'瘟疫医生'、马库斯医生，还有他们夫妇二人。"

阿奇博尔德·赫斯特停顿了一下，朝酒吧的服务员打了一个

手势,然后继续说道:

"我们再次尝试还原了一下现场……但不得不承认,刚才提到的假设站不住脚。我们甚至检查了明登夫妇的视力……实际上他们的视力还不错。

"我们还考虑了偷梁换柱的可能性,就是假设病人和某个抬担架的医生对换了身份,其中罗斯医生的嫌疑最大。之所以会有这样的假设,是因为在那三个医生离开之前,马库斯医生一直用一个奇怪的姿势扶着罗斯……就好像罗斯不舒服……像生病了一样。但完成这出戏需要科恩的配合,而且是一个身体健康的科恩……难道科恩当时的疼痛是假装出来的?这种假设也站不住脚。因为要进行这样的对换只能在一个时刻,就是在明登夫妇最后瞥了一眼戴维·科恩的房间之后,当时戴维·科恩是躺在担架上的。然后,他们就沿着走廊回到了自己的房门口,马库斯医生紧随其后。不到一分钟,抬着担架的小队伍就走进了走廊。在这期间,明登夫妇并没有特意朝他们的方向看,但能大致瞥见他们的动作轮廓。所以,在这么短的时间内,在这样的情况下,科恩怎么可能换上'瘟疫医生'的那身行头?一个人忙着解开扣子,另一个人再扣上扣子?"

"事实上,我认为这几乎是不可能的。"图威斯特博士平静地说,"虽然可行,但如果走廊的另一头有明登夫妇在场,就不可能实现。"

阿奇博尔德·赫斯特失望地叹了口气说:"而且,即使这种身份的对换能实现,也绕不开问题的关键:真正的罗斯医生去哪儿了?说到底,就是有一个人失踪了!要么是从走廊上,要么是从房间里!

"然后不到半小时……戴维·科恩又出现在一个垃圾桶里。"

阿奇博尔德·赫斯特探长用拳头猛捶了一下桌面,继续说:

"图威斯特,我最头痛的地方就在这里:突然消失,又奇迹般突然出现。这是两件不可能事件!"

"我不明白你的意思,阿奇博尔德……"

"你怎么会不明白我的意思?"

"一个拥有隐身术的人……他自然也会现身术。"

这一刻,阿奇博尔德·赫斯特感觉自己就要爆发了。恰好酒吧服务员过来了,看到起泡的啤酒,阿奇博尔德·赫斯特才平静下来。

"你这是在打趣?"灌下半杯啤酒之后,阿奇博尔德·赫斯特说道。

"你看,阿奇博尔德,如果你允许我对你的调查方式进行评价的话……"

"请讲,请讲!"

"好吧,我想说的是:你总是让这些有关'消失'和'重现'的故事蒙蔽了自己的双眼,以致忽略了其他东西。"

"你是这么觉得的?"探长微笑着问道,似乎在暗示他手上还藏着其他王牌。

探长继续说道："坦白地说，你今天的表现令我有些失望，因为你似乎遗漏了一个很重要的细节——当爱德华·沃特金斯看到马库斯医生趴在垃圾桶上的时候，马库斯医生所说的话。他提到了某样东西最好不要过早被发现，说当初把它放到别的地方也许更好。毫无疑问，这里的'它'指的是戴维·科恩的尸体。他还提到了科斯闵斯基，以为自己正在和这个人说话。这一幕的发生显然不在马库斯医生的计划内，他反应过来后表现得很震惊。爱德华·沃特金斯在调查报告中还着重强调说，在听到背后传来陌生人的声音时，马库斯医生当时吓了一跳。

"假如我们继续分析他接下来的举动，就会发现他的行为并不像看起来那样不合逻辑：突然出现的巡警让马库斯医生大受惊吓，所以他企图通过自己怪异的、可笑的、几近疯狂的举动来争取时间。但他的举动不是随意的，而是表现为一种和犯罪相关的疯狂行径。这么做很高明，因为爱德华巡警怀疑垃圾桶里藏着一具尸体，而他自称犯罪学博士，再加上他那身令人难以置信的伪装，显然让巡警困惑不已。你明白我的意思吧？如果马库斯医生假扮的是其他角色，爱德华·沃特金斯就会立马怀疑其中的漏洞。总而言之，这位马库斯医生用一个极其巧妙的戏法，成功地欺骗了爱德华·沃特金斯。

"所以我们可以得出以下结论。

"第一，马库斯医生有一个叫作科斯闵斯基的同谋。

"第二，这个科斯闵斯基很有可能是两个'瘟疫医生'当中的一个。

"最后，也就是第三点，马库斯医生的个性也变得清晰起来了：冷静、能言善辩、思维机敏、行动迅速，并且喜欢戏剧表演。"

"阿奇博尔德，你太厉害了，"图威斯特博士用仰慕的眼神看着坐在对面的朋友，探长做出了一个谦逊的动作。"你的推理能力真的太厉害了。当然，如果我告诉你这也是我最初的想法之一，你可能不会相信。"

赫斯特脸上那自得的微笑只停留了几秒钟，便消失不见了。他说道：

"不幸的是，伦敦有太多叫作科斯冈斯基的人，想找出那个'瘟疫医生'无异于大海捞针。我们做了很多调查，但是毫无收获。图威斯特，我现在很担心，这起扑朔迷离的案件怕是要成悬案了，除非近期内会有新线索出现，帮助我们把案子理得更清楚。"

虽然耽搁了一些时日，但探长想要的新线索最终还是出现了，甚至可以说是自动送上了门。但要说它让案情变得更加明晰，那就大错特错了！事实上，8月31日这个离奇的夜晚，只是拉开了一个序幕——阿奇博尔德·赫斯特探长将不得不处理他人生中最黑暗、最复杂的案件！

# 第二部分
## 致命的挑战

# 4

## 访客

11月的第一个星期五下午

两个月之后，当落日的最后一缕阳光渐渐消散在薄雾中时，图威斯特博士那间位于特拉法加广场附近的舒适公寓被人按响了门铃。铃声惊扰了沉浸在遐想中的图威斯特和他的朋友赫斯特。在这个宜人的秋日午后，两位老友坐在扶手椅里悠闲地聊着天。与往常不同，这一次的谈话内容没有围绕犯罪案件展开。对于此刻的他们来说，那件发生在国瑞街上的谜案——至今仍没有找到答案——已经是遥远的回忆了。赫斯特探长断言，当天的门铃声和他以往在图威斯特博士家听到的不一样，那清脆的声音听起来既尖锐又凄凉，在他看来就像是一个不好的预兆。虽然他嘴上这么说，但当图威斯特博士走出客厅时，探长红红的脸上却挂着平和的笑容。不一会儿，图威斯特博士带着一名访客走了回来。

来访者三十来岁，栗色的头发剪得很短，又高又瘦，穿着一件宽松简单的大衣，看起来很有风度。一双靠得很近的浅灰色眼睛流露出他的犹豫不决。两个侦探默默地打量着他，确信他们以前从未见过他。

"我叫彼得·摩尔，"这位访客一边说着，一边朝两人微微欠身，"图威斯特博士，真的非常感谢您愿意花几分钟的时间来听我说话。我知道您一定不认识我，但我雇主的名字，想必您……"当他的目光移到赫斯特探长身上时，他停止了说话。

图威斯特博士向这位访客介绍了赫斯特探长，访客几乎微不可察地颤了颤身子。

"我想您是有什么重要的事情想告知我吧，摩尔先生？"图威斯特博士用轻松的语气说道，他已经看出了这位访客的紧张。

"或许是因为有警方的人坐在这儿……"赫斯特探长露出一个讽刺的笑容，"打扰到您了！我能由此推断——"

"不，不，并没有。"这位访客礼貌地打断了探长的话，"我只是有点儿惊讶……惊讶于您二位竟然都在场，因为我接下来要说的话很可能也是你们警方感兴趣的。"

"哦，是关于什么的？"赫斯特探长饶有兴致地问道。

彼得·摩尔低下了头："我有充分的理由相信，一场谋杀即将发生……"

房间内一阵寂静。赫斯特探长仅剩的几绺黑发原本整齐地梳在头顶，如今却耷拉在他的前额上。图威斯特博士为这位访客脱去外套，并请他坐下。

彼得·摩尔修长的手指在扶手椅的靠手上轻轻敲了几下。

"在开始说整件事之前，"他有些犹豫地说道，"我想请你们务必答应我会守口如瓶，至少在眼下这一时期——毕竟现在什么事都没有发生。如果让我的雇主知道我把这件事情泄露出去，他一定会开除我的。"

"孩子，如果真的有一场谋杀案要发生，"赫斯特低声说道，"我恐怕很难保持沉默。"

"正是如此，我也没有十足的把握。这不涉及任何人……或者说其他人。一方面，大家会觉得这是一个笑话；但另一方面……它听起来确实相当严重。你们很快就会明白的。但是在这之前，两位先生能否向我保证，你们会守口如瓶呢？"

"我会守口如瓶的。"图威斯特博士缓缓说道。

"当然……"阿奇博尔德·赫斯特咕哝道，"毕竟我们现在没有别的选择了。"

彼得·摩尔若有所思地将一根手指抵在脸颊上。

"我刚刚说了，你们可能知道我雇主的名字……他就是戈登·米勒爵士。"

图威斯特博士夹鼻眼镜后面的眼睛突然亮了起来，而阿奇博尔德·赫斯特探长准备点燃雪茄的手也停在了半空中。两个人都盯着这位访客，眼前却只浮现出他口中那位著名剧作家的形象。

戈登·米勒爵士是演艺界的大名人。无论是剧院还是电影制片人都争着想要与戈登爵士合作，因为光是他的名字就代表着成功。他只写侦探故事，却都是精彩至极的杰作！他所编写的故事情节错综复杂，但结局又出奇地简单。他的作品大受欢迎，而且人气不断攀升，连图威斯特博士和赫斯特探长都十分仰慕他。他对侦探小说的见解很有权威性，即使年至四十五岁，他仍有着丰富的想象力，这让许多作者私底下都心生嫉妒。戈登·米勒身材健硕，一头浓密且杂乱的黑发下有着一张和善的面容。他住在南肯辛顿区一栋奢华的房子里，拥有一笔丰厚的财产，光是这笔财产就能让他后半辈子高枕无忧了。按照朋友们的说法，戈登爵士是出于对艺术的热爱才选择工作的。

提到戈登爵士，往往绕不开一位在五年前从美国来到英国，并且同样大受欢迎的美国演员。唐纳德·兰塞姆，一个四十多岁的金发帅哥，但看起来比实际年龄年轻十岁，出演过戈登爵士的大部分作品。戈登·米勒爵士为他量身定做了一些角色，而兰塞姆则以非凡的才华诠释了这些角色。观众们在看这些表演时虽然时时提防着，但依然经常落入剧作家设置的邪恶陷阱。而当罪魁祸首被揭穿时，他们总是会感到惊讶……尽管罪魁祸首几乎都是唐纳德·兰塞姆所扮演的角色。除了作为戏剧演员的表演才能外，这位演员还表现出非凡的临场应变能力和即兴表演的天赋。前一年，当大量的伦敦人涌进德鲁里巷皇家剧院的大门观看《魔法谋杀案》的最后一场演出时，他们就亲眼见证了这一点：当时，一个配角在解谜的关键时刻晕倒了，他的倒下给最后一幕的表演带来了完全不同的转折。就在这时，兰塞姆急中生智，改变了最后的结局——他做了一个出人意料的改动，用不同于原定剧本的方式在几秒钟内成功破解了谜题，尽管那是戈登爵士所创作的最复杂的谜题之一。这也让这部剧获得巨大成功。时至今日，很多人都认为戈登·米勒爵士在自己作品的演绎者中找到了一位表演大师。

这两人是朋友，不过仍有很多人对他们的关系持不同的看法。人们总能在各种招待会上看见他们相谈甚欢，有时还会互拍彼此的后背。但也不乏一些人要恶意揣测，说他们的行为只是伪装，其实两人根本不对付。这些谣言并不是空穴来风，因为一些报刊文章报道了他们在鸡尾酒会上发生过激烈的争吵。这些记者后来声称，自己是中了这两个人的计，后者这么做是为了提升自己的知名度。舆论的分歧依然存在。一些人认为唐纳德·兰塞姆和戈登·米勒在恶作剧，以牺牲新闻界的利益为代价来找乐子；另一些人认为这两个人已经决裂，只是为了保障共同的利益而在媒体面前演戏。而图威斯特博士则在思考另一个问题：如果这两个人当中有一个人把这种演戏的业余爱好用在现实生活中，他肯定会成为非常可怕的罪犯。

"我和图威斯特博士，"赫斯特说着，把自己审视的目光隐藏在烟雾中，"有幸在酒会上和戈登·米勒爵士见过一两次。摩尔先生，您在戈登·米勒爵士那里做什么工作？"

"嗯，其实……我是他的私人秘书，有时候也充当司机。

我还要处理许多其他事情,比如保养他的武器藏品,这可真不是一份简单的工作!我在他那儿工作了两年……自从他的妻子去世之后。"

彼得·摩尔的最后一句话在图威斯特博士听来别有深意,但他没有发表任何意见。关于戈登爵士那位迷人的妻子的悲惨结局,赫斯特探长和博士都有所了解:在他们结婚三年后,米勒夫人就溺死在了海里。

"您是他唯一的雇员吗?"赫斯特问道。

"并不是,但我是唯一一个住在他家里的。此外,家里还有一个清洁女工,每周来工作四天;还有一个厨娘,但她只有白天在房子里。"

"您怀疑有一场谋杀将要发生。"赫斯特放慢语速说道,他把每一个音节都发得很清晰,"您不会是想告诉我们,策划这场谋杀的不是别人,就是戈登爵士本人吧?"

彼得·摩尔没有回避探长盘问的目光,但他的脸色却变得苍白。

"这……这有一半的可能性。"

从街道传来的车流声填补了随之而来的寂静。

"您能这么精确地说是'一半的可能性',"探长重复着彼得·摩尔的话,"我想知道是什么让您得出如此精确的概率……而且还是针对一场尚未发生的谋杀案?"

彼得·摩尔若有所思地点了点头,他从口袋里掏出了一包香

烟,然后说道:

"想要更好地了解整件事,两位最好听我从头讲起。不过,我再一次请求你们,不要向任何人透露这次谈话的任何信息,只要没有出现新的事实可以证明……这个谋杀计划。戈登爵士给了我一个星期的假期,我明天会去利兹看望我的父母。"

"我想我明白您的意思……"图威斯特博士笑着点了一下头,"您担心在您离开的这段时间里,会发生某些事情。您认为如果有人提前知道这些事情,或许会更好……"

"是的,差不多就是这样。"彼得·摩尔回答道。他半眯着眼,擦亮了一根火柴,点燃了手里的香烟,火光染红了他的面颊:"事情是这样的……"

# 5

## 彼得·摩尔的叙述（1）

前天下午快3点的时候，我出门清洗戈登爵士的汽车。你们知道戈登·米勒爵士在南肯辛顿区的房子吗？这座房子位于哈灵顿花园的后面，门前有一片长长的草坪，沿着缓坡一直伸向高高的锻铁栅栏，栅栏两旁是女贞树树篱。这是一座巨大的维多利亚风格的红砖建筑物，从街道上只能看见它的屋顶。草坪中间有一条车道，车道两边是灌木丛，往前走几米，车道便向右拐，在草坪上形成一条宽阔的环形弯道，再重新绕回原来的方向，一直平铺到房子的大门。环形弯道的中心安放着一座石头喷泉，喷泉上有一尊优雅的白色大理石仙女雕像。

那辆汽车就停在门前台阶左边的草坪上，我站在那里可以看到那座喷泉，当时有一个流浪汉打扮的人趴在喷泉上。那人穿着破旧的大衣和鞋子，戴着一顶旧到变形的帽子，脖子上还围着一条黄色围巾——尽管那天天气很暖和。他那可疑的身影在阳光明媚的草坪上投下了一个不协调的黑色阴影。

这个擅自闯入私人住宅的家伙究竟是谁？只是一个想进来洗洗脸或洗洗手的流浪汉？显然不可能。他看起来正凝视着喷泉里的水，还时不时伸手慢慢拨动水流。我毫不迟疑地叫了他一声，他才缓过神来，然后看着我，仿佛我才是那个闯入者。我没有犹豫，径直向他走去。

我看到他的第一眼就觉得有些奇怪，不仅是因为他的态度，还因为他给人的整体印象。他看上去将近五十岁，留着棕色的胡子，下巴上还有未修剪的胡须，眉毛浓密，圆鼓鼓、亮晃晃的鼻子上架着一副宽大的玳瑁边眼镜。

我问他为什么会在这里，语气很礼貌，虽然我本可以不那么有礼貌。他朝我看了一眼，又低头专注地看着喷泉里的水，随后才回答我的问题："请您向米勒先生通报一下。"

"那么我是要为谁通报呢，先生？"我刻意地强调了"先生"这两个字，但是他好像并不在意这一点。

"杰克·拉德克利夫。"

我冷淡地问他是否有预约；同时，"拉德克利夫"这个名字激起了我脑海中某段模糊且难以捕捉的记忆。而当他用那种疲惫且随意的熟悉语气回答我时，我的记忆清晰了起来。

"没有预约，但我认为他一定会见我的。因为我是他死去的妻子安娜的堂兄。"

他一边说着，一边捡起一片枯叶，用指尖轻轻托起，再任由它落下，看着它在水面上漂浮了一会儿，然后骤然沉入水底。虽然这个举动看起来很奇怪，但我很快就明白了其中的含义。

我转身走到房子里，向戈登爵士通报了这位来访者的话。戈登爵士似乎很意外，甚至有些不安。在他的记忆中，他的妻子从未跟他提过这个叫杰克的堂兄，但他记得她曾告诉过他，她有一个住在苏格兰的叔叔，她的父母似乎与这个叔叔闹翻了，而且她也从未见过这个人。这个叔叔有孩子，但戈登爵士并不知道他们的名字。

他瞥了一眼窗外，若有所思地看了看站在离喷泉不远处的访客，然后让我带那个人到他的书房里来。

戈登爵士的书房非常宽敞，天花板也很高，所以他也把这里当作会客厅。书房的南侧有两扇窗户，采光非常好，窗户中间隔着一个向外凸出的半圆形玻璃窗厅，戈登爵士的书桌和打字机就放在那儿。窗厅的地面略低于其他地方，迈入窗厅前必须向下走两级台阶。房间的右侧摆放着几把皮革软垫扶手椅，正对着一个镶嵌在豪华挂壁式书柜里的壁炉。房间的中央有两根八角柱，其中一根柱子上陈列着一套15世纪的全套盔甲，另一根柱子上挂着各种盾牌，尤为显眼的是一对交叉放置的狼牙链锤。我想，如果你们没有亲眼看过这个房间，是很难想象出它具体的样子的。不过必须承认，这个房间的布置完全符合戈登爵士的形象，而且这种带点儿戏剧色彩的哥特式装饰风格很可能就是戈登爵士自己设计的。南侧和东侧的墙壁上装着橡木壁板,上面放置了许多令人印象深刻的武器藏品——从古战戟到左轮手枪,再到各种短剑和东方匕首。除了壁板,墙上随处可见小壁龛和凹槽,里面摆放着一些令人不安的面具,或是臭名昭著的罪犯的蜡像——有的甚至是以他们为原型创作的大号模型。这些物件大多是昂贵的古董,但其中也有一些是戈登爵士的作品。当他不用构思下一个剧本时,他就会花很多时间在他的地下工作室里制作这些作品。

当夜幕降临时,这些可怕的收藏品在昏暗的光线下似乎活了过来。我可以向你们保证,即使现在让我看到那些阴森的物品,我仍会不寒而栗。房间里还有一个五斗橱,上面摆放着很多铅质玩具兵——他们正在进行一场无情的战斗;破旧的行李箱上立着一尊迦梨神[1]的青铜像……像这样的物件还有很多。我想这样的描述应该足以让你们对这个房间的氛围和整体装饰有一个大致的了解。戈登爵士乐于在这里寻找灵感……而且这里即将上演一个非常离奇的故事。

我把杰克·拉德克利夫领进了书房,然后就离开了。虽然我没有偷听别人说话的习惯,但是这个访客给我留下了一个很古怪的印象,我担心我的雇主戈登爵士会遇到危险,所以经过再三犹豫,我最终决定走回到门边,通过钥匙孔观察屋里的情况,同时竖起了耳朵。

---

1 迦梨神(Kali),印度教女神。

"……所以说,"戈登爵士一边说着,一边往桌上的两个杯子里倒威士忌,"您是安娜那个素未谋面的叔叔的儿子?"

"啊!"杰克·拉德克利夫惊呼出声,他的注意力似乎被墙上的武器藏品吸引了,"都是因为一场久远的家族争端,不值得纠缠下去。安娜有没有向您提起过我?"

"没有,我不记得她曾提过。"

"这倒也正常,毕竟我只见过她一次,而且还是在很久很久之前。那次她到苏格兰去拜访我们,当时我的父亲刚刚去世。我们聊得很投缘……我向她展示了我养的绵羊,她对此很感兴趣……我们约好了有机会再见面,但是您也知道后来发生的事……她运气不好,可怜的女人……我在报纸上得知她发生了意外——没记错的话,是在两年前吧?"

"两年前的8月份,准确来说,是8月23日,我永远都不会忘记那一天……"

"我并不想……"

"没关系,您要知道,我已经接受了这个现实。人死不能复生。"

杰克·拉德克利夫面带悲伤地点了点头,然后说:"在这边的亲戚中,我只认识她。我认为她是一个十分温柔纯真的女人……我真希望能多了解她一点儿。您能跟我讲讲关于她的事吗?还有,那场悲剧是怎么发生的?不过,米勒先生,请先和我说说,您收集这些刀剑和旧火枪应该花了不少钱吧?不像我,我从羊群身上挣来的那点儿钱根本买不起这些东西！"

"不，我并不这么认为。"我的雇主尴尬地笑着，"拉德克利夫先生，请您不要拘束，让我来帮您脱掉大衣……"

"谢谢，但我现在穿着它感觉很好，也许过一会儿我会脱掉的。"

拉德克利夫先生的眼睛里闪烁着嘲弄的光芒，但当他再次开口时，这丝光芒就消失了。

"说到我的绵羊，我很快就得把它们卖掉了。去年过得非常艰难……只有上帝知道我接下去该怎么办了！……唉，我们刚刚说到哪儿了？哦，对了！说到可怜的安娜！"

戈登爵士把酒杯举到了嘴边，轻轻抿了一口，然后又把酒杯放下。他拿起整齐摆放在桌上的四颗钢球，在手里转动得叮咚作响。这是一种机械性动作，每当他专注于构思剧情或者思考其他问题时，他就习惯做这个动作。

"关于安娜，我还可以告诉您什么？"戈登·米勒爵士说道，"您应该知道，她之前结过一次婚……那时我就已经认识安娜了，但是……算了，说这些干什么。不管怎么说，经过十五年的婚姻，她最终与那个只对数钱感兴趣的愚蠢的美国人分开了。在那之后，我和安娜很快就结了婚。幸福的婚姻，可惜太短暂了！唉……"

"幸福的婚姻。"拉德克利夫若有所思地重复道，同时环视着整个房间，"奇怪的是，我很难相信像她那样的女人能在这种环境中快乐生活……如果是我，我只会感到抑郁。那些面具直勾勾地盯着我，似乎都想要谋害我……米勒先生，安娜经常来这儿吗？"

我的雇主凝视着他的客人，脸上带着宽容的微笑。

"说实话，她不常来。我想您应该知道我是写侦探小说的……"

"米勒先生，您的大名，谁人不知啊！我虽然在苏格兰养羊，但不意味着我不知道其他地方发生了什么！"杰克·拉德克利夫吞下了一口威士忌，"要我说，您这酒真不赖！那群小畜生可没本事让我喝得起这样的好酒！"

"这酒的原产地就在你们那儿……"

"这么说，可怜的安娜和您在一起什么都不缺！"

"当然，她什么都不缺。"

"米勒先生，您知道的……我想说，我不是不喜欢漂亮的房子……但对我来说，所有这些奢侈的东西看着就让人心烦！当你一生都在乡下度过，大部分时间与羊为伴，就很难习惯这些东西……"

"我能理解。"

"您肯定比我更了解安娜，她从来没有经历过我这样的生活，她父亲和她父亲的兄弟——我的父亲——生活处境很不同。但说实话，我真想知道，如果她能生活在不同的环境中，过一种户外的生活，她是否会更快乐。您应该知道我的意思！好了，我们还是言归正传[1]吧！我指的不是回到关于绵羊的问题上，哈哈哈！您应该能明白吧？不是指我养的那些绵羊！"

"我明白。您说话真有意思。"主人出于礼貌，挤眉弄眼地应和着，"我们刚才说到哪儿了？啊！对……您想让我告诉您悲剧发生的经过。"

到目前为止，戈登·米勒爵士的情绪一直很稳定。这位古怪访客的到来让他觉得很有趣。我猜戈登爵士刚才一定仔细地研究过他，并打算把他写进之后的剧本里。但当时我看到爵士转动钢球的速度越来越快，力道越来越大，这预示着事情不妙了。

"8月23日那天，我在伦敦，因为我和一位比利时的教授约好了见面，安娜则开车去赫恩湾游泳。她在下午2点左右到达了海滩。一些目击者看到她躺在沙滩上。大约一刻钟之后，她站了起来，有人看见她游入大海。她不太会游泳，但是在场的那些人并不知道这一点。我可以准确地告诉您出事的地点，因为我后来去过那里几次。

"这是一个小海湾，岸边都是卵石和黑色的沙子，并不像伊斯特本沙滩那么吸引人。这可能也是很少有人光顾这个沙滩的原因，但安娜最想要的就是安静。沿着海岸的左边，你可以看到大约三十米外有一排岩石露出海面，其中最后一块岩石很平坦，足以让人躺在上面。从一块岩石到另一块岩石之间的间隙并非不可

---

[1] 在法语中，"revenons à nos moutons（回到绵羊的问题上）"是一句俗语，意为"言归正传"。

跨越，只是实施起来似乎非常危险。最稳妥的做法就是游过去，安娜那天就是这么做的。那块平坦的岩石是个不错的去处，非常清静，在那里只有浪花有节奏地拍打在岩石上的声音。安娜在那块岩石上休息了大约十五分钟，周围游泳的人也没有特别关注她。但是有人看到她滑进了水里，朝着大海的方向蛙泳，游的距离不超过二十英寻[1]……然后她就消失在了海浪中。当时有一个男人立刻意识到安娜可能溺水了。顺便说一句，那个男人原来是一个游泳健将，但还是没能……根据目击者的说法，那个男人用了不到三十秒就游到了安娜溺水的地方。在场的人看到他连续几次潜水，最后一次他抱着一个人浮出水面，再把那个人带回了海滩。他把安娜送到了岸边，但为时已晚……每个夏天似乎都会发生这种事故。"

屋内又寂静了下来。戈登爵士打开一盒雪茄，递给了来访者。杰克·拉德克利夫从容地挑出一支雪茄，然后将它点燃，抽了几口后说道："一个令人心碎的结局……米勒先生，说真的，安娜确实不适合这样的生活。"

咔嗒一声闷响，戈登爵士把手中的钢球合拢在一起："拉德克利夫先生，您这话是什么意思？"

"好吧，我无意冒犯，但我觉得她会有更幸福的生活……如果能和其他人在一起。"

---

[1] 水深单位，1英寻约合1.83米。

戈登爵士黑色的眼睛里闪过一丝转瞬即逝的厉色。他用非常缓慢的语速说道："您是在暗示,她是自杀的?"

"我没有想要暗示什么,米勒先生,我是说您没能给她带来幸福……看看您的周围!这里简直就是撒旦的巢穴。您认为每个人都像您一样?一个正常人会像您一样,认为生活在这种犯罪氛围极强的场所是开心的?"

"拉德克利夫先生,您凭什么认为安娜和我在一起不幸福?"我的雇主的声音就像毒蛇一样咝咝作响。

杰克堂兄好像不为所动,他用同样的语气反驳道:"如果不是这样的话,米勒先生,我想她就不会去找情人了……"

戈登爵士脸色苍白,他缓缓地走向这个牧羊人,在离对方几厘米远的地方停了下来,抬起食指,冲着面前的酒糟鼻威胁道:"情人?你说安娜有一个情人?你怎么会知道?你这个酒鬼。"

杰克·拉德克利夫的脸上露出了一个挑衅的笑容。只见他将手在脸上一抹,随即露出另一副面孔——他那圆鼓鼓的鼻子竟然是假的!他举着那个道具在戈登爵士的面前晃动着。

"米勒先生,想知道吗?因为她的情人,就是我!"

戈登爵士脸上的表情变了,但还是一言不发。那个人接着说道:"我想您应该不用我继续解释了吧?我不叫杰克,也不是安娜的堂兄,我和您一样对牧羊不感兴趣。此外,我可从来没有暗示过安娜是自杀的,因为我清楚地知道是您谋杀了她!"

# 6
## 彼得·摩尔的叙述（2）

在这一刻，我开始想知道，刚刚发生的这段诡异的对话将如何收场，但随之而来的是更多令我惊讶不已的事情。

戈登爵士的脸上没有一丝表情，但他紧紧地捏着手中的钢球，直捏到指关节变白。然后他把头往后一仰，大笑了起来，我完全没有预料到他会突然做这个动作。几秒钟过去了，他才恢复了平静。他把钢球放回桌上，小心地将它们排列在打字机旁边，然后转身面向这位访客，嘲弄地说道：

"我猜您今天来这儿是为了……送我上路吧？"

"相信我，我确实想这么做。但我更希望我们能像绅士一样……清算我们之间的账。"

"像绅士一样？您想要……哈！我明白了！……您打算勒索我，是这样吗？"

"没错！如果我说不是，那就是在撒谎，不过我不太喜欢您的用词。这么说吧，我的绵羊越来越老了，而且也越来越少了。"

"是的，这个冬天确实不好过。但是在进行交易之前，您总得让我知道您想要拿什么东西来跟我交易吧，先生……先生？"

"叫我杰克就可以了。至于我拿来和您交易的东西……请允许我引用一句古老的谚语：'雄辩是银，沉默是金。'"

"杰克先生，我明白您的意思。但是，我为什么要买您的沉默呢？对于您刚才提出的指控，您拿得出证据吗？"

这位杰克先生面带微笑地看着这栋房子的主人，将杯子里的威士忌一饮而尽，然后把手伸向桌子上的钢球，问道：

"我可以看看吗？"

他询问的语气过于谦逊。作为回应，戈登爵士也用恭敬、和蔼的语气回复道：

"您请便。"

杰克先生抓起钢球，走到玻璃窗厅前，借着阳光仔细地端详着这几颗珠子。

"太奇怪了，这些钢球中有一颗看起来比其他三颗要新。这颗钢球好像没那么暗淡……或者说更有光泽。米勒先生，您在手上来回转钢球的习惯是从什么时候开始的？这应该不是最近才养成的习惯吧？"

"我真的不明白您的意思……"

"安娜常常和我提起您的这个习惯。不用我说，想必您也知道您的这个习惯让安娜很不舒服。不过,让我们暂且略过这个话题,先回到您在8月23日那天下午的不在场证明,也就是那个与您有约的著名的比利时教授查尔斯·杜富尔——同时也是位弹道学专家,没错吧?刚才我提到了'不在场证明',这个词可能不太恰当,因为并没有人怀疑您杀了安娜。当然,像您这样的犯罪学专家,又怎么会留下证据呢?一定是要做足准备的。

"米勒先生,悲剧发生一个月后,我去布鲁塞尔见了那位教授……我了解到了一些有趣的事情。首先,您此前只见过他两三次。其次,我发现他高度近视……几乎就是个盲人。再说说你们那天的谈话,显然是围绕他的专业领域展开的,您想要深入了解弹道学的知识,并打算把它运用到您之后构思的犯罪情节中。你们在沙夫茨伯里大街上的一家餐馆共进晚餐,之后您送他去了帕丁顿车站,因为他要去牛津见其他朋友。而在您和他会面的那四个小时内,您向他提了不少问题。但当查尔斯·杜富尔教授向您提问,或者要求您提供某些细节时,您却总是顾左右而言他。当然了,教授并不是一开始就有这样的判断,是我的启发和引导让他意识到你们的谈话有些古怪。总之,查尔斯·杜富尔教授与您并不熟,再加上他的视力很糟糕,所以没有证据可以表明8月23日那天和他会面的人是一个对犯罪学有所了解的人,况且那个人当天提出的尽是一些您自己本该了然于胸的浅显问题。由此推断,那个人也许只是一个冒充您的帮凶。我相信,以您的职业之便,要找一个演员来扮演这个角色并不困难。简言之,您的不在场证明是站不住脚的。"

戈登爵士点了点头,就像一位专业人士在点评一位讲完大段精彩独白的表演者。

"好吧,"他最终开口说道,"您的分析很有意思,但我必须反驳您刚才的指控。我对查尔斯·杜富尔教授的态度非常自然,我很期待和他见面,就是想从他那儿了解到更多关于弹道学的知识,而查尔斯·杜富尔教授本人也非常乐意回答我的问题……当然了,我也承认,我的不在场证明并不是那么'无懈可击'。但是,如果这是您唯一的证据……这么说吧,仅凭这一点就想让我为您的绵羊操心,恐怕我是爱莫能助了。"

杰克先生抚摸着自己的胡须,无声地笑着。

"现在我要告诉您一些事情——当然您已经知道了,那就是您淹死自己妻子的手法……从某种角度看,您的谋杀手法堪称一绝,因为您能够当着那些目击者的面杀了自己的妻子而不被他们发现。我不得不承认,您完成得非常出色!您一定是让自己的妻子来为您的计划做了帮凶——当然,她自己并未意识到这一点。总之,这并不困难:您让她在最后一块岩石上躺了一会儿,然后做了一些潜水练习。以什么为借口?我相信您已经想出了某个足够可信的理由……您丰富的想象力可是有目共睹的。

"那位没能及时营救安娜的男人是一个名叫皮埃尔·勒莫因的法国游客,我根本找不到这个人,而且我愿意用我的……最后一只羊打赌,没有人找得到他。安娜刚消失在海浪中时,这位精力充沛、行动迅速的救援者就赶到了她的身边……出现得多么巧合啊！目击者看见他几次潜水，仿佛拼命想救助那个处于危险中的女人……而事实却是，这个人正在借机淹死安娜。等所谓的'救援行动'一结束，他要做的就是把她拖上岸，然后遗憾地摇摇头。这起悲剧的目击者对这位勒莫因先生外貌的描述与您的外貌竟意外地相符……还需要我接着往下说吗？"

戈登爵士似乎被戳中了要害。他冲着眼前这个男人怒目而视，然后大声喊道：

"真是一派胡言！胡扯！这些都是您妄自揣测的。您根本没有证据能证明这件事是我做的！"

"您认为我没有证据吗？"

杰克先生话说到一半，又点燃了一支雪茄，心满意足地吸了一口，继续说道：

"老实说，我现在确实还没有能正式指证您的确凿证据。但我口袋里有一件物证，如果把它和我前面的分析联系起来，就完全可以把您送上法庭。这件物证的非凡之处在于，它几乎是不可摧毁的。"

"不可摧毁的？"戈登爵士重复道，脸上露出了不安与惊讶。

"是的……我说这个词是有两层含义的。首先，这个物证本质上就是无法被摧毁的，即使某些人把它藏起来了，它仍具有说服力。

"让我们再来回忆一下8月23日下午发生的事情。事发前一天，我见了安娜，她告诉我她第二天要去游泳，但是不确定您是否会陪她一起去。她让我不要冒险去找她，但我觉得机会难得，所以还是决定去一趟赫恩湾。我在第二天下午4点半左右到达赫恩湾时，却听到了她的噩耗。我会告知您一些细节，正是这些细节让我快速得出结论：安娜不是意外溺亡的。

"我当时询问了一些仍在现场的目击者……然后，命运之神眷顾了我：一个男孩当时正骄傲地向他的同伴展示他在沙滩上捡到的东西。我花了一笔不小的钱，毫不费力地得到了他手里的东西……男孩告诉我，这个东西是他在一个男人待过的地方捡到的，而那个男人自称皮埃尔·勒莫因！

"我还可以明确告诉您，这笔交易是在那个孩子的父母面前进行的，我想他们应该不会忘记那天发生的事。"

杰克先生没有继续往下说，而是从大衣口袋里掏出一颗钢球——与桌子上排列着的那些钢球一模一样。他用手指捏着它，凝视了一会儿。

"您犯了一个错误，米勒先生，那天您不该带着这些钢球去海滩的。我理解您那天神经一定特别紧张，您需要这些钢球来帮您保持镇定，但这成了您计划中的败笔……您很不幸地弄丢了一颗钢球。您当时意识到问题的严重性了吗？我想没有，您应该都不记得自己的钢球丢在哪儿了。

"现在，我想请您仔细检查这四颗钢球，就像我之前那样。即使用肉眼看，您也能发现其中一颗的磨损程度比另外三颗要小。显然，您在两年前新买了一颗钢球用来代替……我手中的这颗。

"米勒先生，我知道您在盘算什么：直接冲上来，从我的手里抢走这颗钢球不就行了？我要提前警告您，您是不会得逞的……我可不是一个好对付的人。而且即使您这样做了，对您来说也没有太大的用处。至于原因嘛，您先听我说。我早就全面考虑过这个问题……但凡存在丝毫风险，我都不会把这个证据带来……

"首先，请允许我先声明，对于我即将基于这些钢球的磨损情况做出的分析，如果您有任何怀疑，那么把它们放在显微镜下进行检查是骗不了人的。其中三颗钢球的光泽显然比不上那颗新的。那三颗钢球您应该也在手里转了好几年了吧，我们就把这三颗称为'重度磨损'的钢球。而我手上的这颗，您也使用了一段时间，但在丢失的这两年里没被用过，所以这是'中度磨损'的钢球。至于您两年前补买的那颗，我们就称它为'轻度磨损'的钢球。

"如果我明天去警察局上报我的怀疑，并请他们检查您手上的四颗钢球，他们就会发现三颗'重度磨损'的钢球和一颗'轻度磨损'的钢球。这将佐证我的指控。您到时候可以进行任何辩解，但那只会让您显得很可疑。

"还是基于同样的假设，假设您成功夺走我手里的这颗钢球，用来替换那颗'轻度磨损'的钢球，警察就会看到三颗

'重度磨损'的钢球和一颗'中等磨损'的钢球，再加上我的证词——证明其中一颗钢球是您从我手中抢走的，那么您的处境还是一样……甚至可能更糟。

"因此我们得出了第一个结论：您不可能拿出四颗具有相同磨损程度的钢球。当然，还有一个解决办法，那就是把原有的钢球都扔掉，再买四颗新的钢球……可这样一来，您就必须解释，为什么您恰巧在我提出指控时遗失了所有的钢球。我想您应该明白我的意思——警方必定会问您：'那四颗钢球是在哪儿遗失的？''为什么四颗钢球会同时丢失？'您也可以考虑其他的组合方式，比如把两颗'严重磨损'的钢球换成两颗新的钢球，以掩盖痕迹……或者自称早已没有转钢球这个习惯了。可这只会让您的处境变得更糟，因为我相信有好几位证人能证明您说的是假话……

"我想您会同意我的看法：不管您如何辩解，只要我向警方告发，您都是在做无谓的挣扎。不要忘记那个捡到钢球的孩子，他的父母也能提供证词。米勒先生，我觉得您应该好好想想这些问题……"

那四颗钢球就在打字机旁边，在阳光下闪闪发光，一如杰克先生手中的那颗。但戈登·米勒爵士的眼神似乎比那些钢球的光泽更为凌厉。他紧盯着这个邪恶的对手，那半眯起的眼皮下射出的光芒可不是什么好兆头。

我这辈子从未见过如此骇人的激辩，甚至比这两个人互相谩骂威胁来得更剑拔弩张。这一幕中弥漫着一股强烈的、被压制着的仇恨：在明亮的玻璃窗前，这两个人影一动不动，看起来就像两头马上就要开撕的野兽。

杰克先生脖子上那条黄色围巾本该给这一幕增添一点儿轻快的色彩，但事实并非如此。那条围巾、那顶破旧的帽子，还有那件长长的大衣，似乎都和这位古怪的来访者融为了一体。

而戈登·米勒爵士到目前为止展现出来的态度也十分古怪。他好像从来没怀疑过自己的妻子有过一个情人。沉默了片刻后，戈登·米勒爵士简短地说道："多少钱？"

"啊！我就知道您是一个讲道理的人！您现在是想用钱买我的沉默……米勒先生，在确定具体金额前，我想再告诉您另外一件事。肯特郡的警察或许不如苏格兰场的，但您不应该轻视他们。肯特郡警察局里有一名叫约翰·斯特林的警探，他已经观察您很长一段时间了，事实上，从谋杀案发生的那天起就开始了。我很了解他……相当了解。糟糕的是，他了解到的情况和我一样多……您知道的，如果约翰·斯特林警官听到了我们的对话，他一定会认定您是那起谋杀案的凶手，不会有任何怀疑……因为您实际上已经承认了罪行。"

"我知道了……您携带了一台录音机，录下了我们的……私人对话，现在我明白您为什么不着急脱外套了。"

杰克先生咧嘴一笑，然后举起双手："来吧，您现在可以脱去我的外套和帽子了！"

经过短暂的犹豫之后,戈登爵士采取了行动。

杰克先生在外套里面穿着一套珍珠灰的西服。尽管脚上的破鞋跟他这一身很不搭,但他看起来简直变了一个人。他死死盯着我的雇主,突然一把扯住自己的胡须——胡须竟然掉了下来。

然后,他义正词严地说道:"我就是约翰·斯特林探长。我要以谋杀您的妻子安娜·米勒的罪名逮捕您。"

# 7

## 彼得·摩尔的叙述（3）

戈登爵士瞪大了双眼，后退了几步。

"约翰·斯特林探长，"戈登爵士结结巴巴地说道，"原来如此！……您知道吗，上个月我刚在我的朋友唐纳德·兰塞姆家见过您的上司……他对您评价很高。老哈德卡索最近还好吗？"

"他很好。如果您想用他的名头来压我，您应该知道，被您称为老哈德卡索的这位警官，他知晓一切，我正是奉他的命令在这两年内对这起案件进行了调查。他当即判定您的妻子并非死于寻常的意外溺水。至于你们上个月的会面，那也不是什么巧合……请您好好回想一下那天晚上你们的交谈内容。好了，现在请您收拾一下自己的私人用品，跟我走吧。"

"可是……您真的认为我……"

"我看起来像在开玩笑吗，戈登爵士？您的记性有这么差吗？您刚才实际上已经承认了自己的罪行，难道您忘了吗？"

我没有听到我雇主的回答，因为当时走廊尽头的后门被人推开了。我只能慌慌张张地钻进了充当衣帽间的大衣橱。

走进来的是希拉·福里斯特，戈登爵士的女儿，准确地说，是他的继女。希拉·福里斯特是已故的安娜·米勒夫人和她前夫的孩子。是的，希拉的亲生父亲就是那个"只对数钱感兴趣的愚蠢的美国人"——罗伊·福里斯特。你们见过希拉·福里斯特小姐吗？应该没有，我想你们应该没有见过她，她很少和她的继父一起出席社交场合。这并不是说他们关系不好。事实恰好相反，戈登·米勒爵士把她当作自己的亲生女儿看待。他对希拉·福里斯特和蔼可亲、关怀备至，简直比她的亲生父亲还要称职。

安娜·米勒夫人和她的前夫罗伊·福里斯特离婚后，希拉·福里斯特就随着母亲来到了英国。直到1935年，也就是安娜·米勒夫人第二次结婚后的第二年，希拉小姐才回到美国。就我所了解到的，她回到美国是为了求学。1936年悲剧发生时，希拉·福里斯特还没有回英国。她是在第二年年初回来的，也就是去年。

直到那时，我才认识她，所以我无法确定是不是这些变故和她母亲的离世才使她一直神情郁郁。但我对她的命运感到同情……我相信大多数与她同龄的女孩都情愿和希拉·福里斯特交换身份生活。她什么都不缺，她的继父对她十分慷慨。而且她长得非常漂亮。她就像一个精致的洋娃娃，一头长长的黑色卷发优雅地搭在肩上，皮肤像牛奶一样白皙，双唇呈现出一种自然的红润饱满……是的，希拉小姐的确非常漂亮，就像是……漂亮的洋娃娃，而且她才刚满二十岁。但她的眼神里总是流露出一种难以用言语描述的情绪，这也让她看上去郁郁寡欢。也许是一种忧伤之情……她那庄重、纯真的眼睛里闪动着一种并非出自本心的光芒，就好像没有什么能让她提起兴趣。她并没有给人一种生活不幸的感觉，但我们也看不出她过得幸福。她不是很健谈，至少在家里是这样。她经常外出，尤其是在晚上。当然了，关于这一点，我一个外人也不好做过多评价。但是我觉得我的雇主——一个做事如此雷厉风行的人——在涉及希拉·福里斯特的事情上总是过于宽容。

不过最近几周，我发现希拉小姐的态度有所改变，因为她很快就要和唐纳德·兰塞姆举行订婚仪式了。我无法告诉您我的雇主是否乐见其成——不论是对他朋友的选择，还是对他继女的选择。他似乎介于两种自相矛盾的情感之中：他的"小希拉"不用嫁给一个陌生人，但又有什么事情困扰着他……虽然他从未对这桩婚事表示过丝毫反对，但他似乎又有些不情愿……也许是因为两人年龄上的差距……

我躲在衣橱后面，看见希拉小姐沿着走廊走来，然后走上楼梯。我想解释一下，希拉小姐从后门进屋并不是什么奇怪的事。这个屋子里的所有人，包括戈登爵士、他的继女，还有我，都习惯走那个后门，因为那里有一条小道直通克伦威尔路。比起从庄园的正门进出，那条路线要短得多。希拉小姐在午餐时说过她整个下午都不在家，所以我猜想她只是中途回来一趟，很快就会离开。我一直犹豫着要不要回到书房门后继续观察这场奇怪的论战将如何发展。我能隐约听到房内传来沉闷的声音，但听得并不清楚。不过我感觉现场气氛不像先前那样紧张了。五分钟后，楼梯上再次响起脚步声。等到希拉小姐砰的一声关上后门离开，我就毫不迟疑地回到了我的观察岗位上。

约翰·斯特林探长完全没了先前的傲慢架势，他正用怀疑的目光盯着在办公桌前来回走动的戈登爵士。

"我和您讲过不知多少遍了，探长先生，请您换位思考一下，就从……心理学角度分析。首先，您以流浪汉的样子闯进我家，假装是我妻子的堂兄，接着又自称是我妻子的情人，最后指控我谋杀。现在，您又变成一个敲诈者，想要对我——戈登，一个对各类犯罪有所研究的行家——进行敲诈，您不觉得这很好笑吗？我陪您把游戏玩到最后，就是想看看您这位'杰克先生'到底还有什么花招儿没使出来！如果我真的有罪，您真的认为在您这一股脑儿的侮辱和诽谤下，我还会像现在这样平静吗？如果我真的有罪，我会气急败坏，我会怒火攻心！我经常扮演这样的角色，也经常碰到这样的场景，不是吗？我无意冒犯您，但是您扮演的敲诈者有几处明显的漏洞——我不得不承认您的表演很令人信服，我也承认刚刚的辩论很精彩——上帝啊，不要告诉我您没有注意到！"

"我不知道……我不明白。是哈德卡索警官说……"

"那个老猫头鹰,我会追究他的责任的!他把时间浪费在没有的事情上,还不如早点儿退休,多去关心一下他自己的鸟类标本。算了……果然'落难见真情'。哈德卡索这个人啊,非要给我安一个莫须有的罪名。"

"但我们的确在沙滩上找到了这颗钢球……您打算否认这是您的钢球吗?"

"当然不是。只是……"

戈登爵士停顿了一下,随后缓缓说道:"关于……探长先生,关于这颗钢球,您是不是歪曲了一部分事实?"

"呃……我想重申一遍,这是我上司的主意……这颗钢球确实是在沙滩上发现的,只不过是在意外发生的几天之后……"

我的雇主露出了一个既宽容又嘲讽的笑容:

"我不是告诉过您我后来去过悲剧发生的现场吗……当时我的心情很低落,我不记得丢失钢球的确切位置,但我可以肯定就是在那几天丢的……"

"嗯,那就都对上了……"探长点点头以示赞同。

"但我仔细想了想,探长先生,你们肯特郡的警探逮捕嫌疑人的方式可真够独特的……此外,如果这件案子涉及故意杀人,那应该就不属于你们肯特郡警察局的管辖范围了……"

然而,接下去发生的事比之前的事情更加奇怪。那位探长转过身,用双手捂着脸,看起来像是在努力压抑哭泣的冲动。

"我的朋友,"我的雇主皱着眉头问道,"发生了什么事?"

我花了好一会儿才意识到那位警探其实并不是在哭泣,而是在不受控制地狂笑。戈登爵士脸上的表情慢慢地从疑惑转变为愤怒。警探的笑声越来越大,然后他转过身,竟然又变了一副面孔——这已经是他今天下午第三次变脸了。他摘掉了眼镜、假发和假胡须。

"唐纳德……"戈登爵士不敢置信地说。他认出了他的这位朋友。

"天哪……"这位著名演员喘着粗气说道,"我这一生还从未扮演过这么有难度的角色……戈登,你必须承认,对于一场恶作剧来说,我的表演还是相当成功的!"

# 8
## 彼得·摩尔的叙述（4）

①

现在回想起来，我想说其实这个访客一开始的举动就引起了我的怀疑，许多迹象都表明这是一场骗局，而始作俑者只可能是一个人——唐纳德·兰塞姆。但在那一刻，我和戈登爵士都惊呆了，戈登爵士甚至惊得张大了嘴巴。我猜唐纳德·兰塞姆当时一定在想，他的骗局是否有点儿过头了，是否会让他们的友谊走到尽头。这时我的雇主突然大笑起来，笑得都快喘不上气来了。作为回应，唐纳德也笑了起来。两个人就这样撑着腰，足足笑了好几分钟，几次想开口却都没能说出一句连贯的话来。

"真没想到……我居然被你糊弄了这么久……"戈登爵士一边断断续续地说着，一边给两个酒杯斟满酒，"唐纳德，我经常在剧院为你鼓掌，但是这一次……你超越了你自己。不过我现在也想明白了一件事情：在故弄玄虚方面，我还有很多东西要学——尽管这并不是我的弱项。"

"我怎么感觉我将要遭受某种可怕的报复呢……"

"我可要好好想想……很难想象还有什么把戏会比你这个更出色……又有什么受害者会比我更天真！老天，我真是笨到家了！神秘大师居然被如此粗浅的把戏愚弄了！"

就这样，两个朋友默默地干了一杯，交换着心照不宣的笑容和相互欣赏的目光：一个是因为自己经历了一场绝妙的骗局，另一个则是因为自己精心设计的戏法得到了应有的赞赏。

"我必须再次祝贺你。"戈登爵士接着说道，"在我们所有小规模的恶作剧中，这一次无疑是最精彩的……"

"我可没觉得。你还记得有一次，你和我的几个演员朋友合起伙来骗我，让我相信有一场演出需要表演……结果等我上台的时候，才发现剧院里空无一人！"

"哦，没错！是有这么一次，但那都是很久以前的事情了。"

"还有那次晚会，在喝完我的波尔多葡萄酒之后，有一半的客人都痛得弯了腰。"

"是的，"戈登爵士不无得意地回答道，"那一次也很妙。尤其是你花了很长时间才明白过来。不过，告诉我，唐纳德，你是怎么想到今天这个主意的？"

唐纳德用手捋了捋自己的金发，犹豫道：

"嗯……我还担心你会不喜欢这个笑话。把安娜的悲惨意外说成是你策划的谋杀，我承认这并不是个好主意……但是你也知道，设计骗局的第一条规则，就是选择最恰当的理由扰乱受骗者的心绪，以便更好地迷惑他……"

我的雇主点头表示赞同，然后他拿起了桌子上的钢球，又转动了起来。

"接着回答你的问题，"演员继续说道，"我是在一个月前萌生了这个想法的，也就是老哈德卡索来拜访我的那个晚上。我不知道你还有没有印象，我们在谈话中提到了安娜……当时哈德卡索看着你的眼神有些奇怪。我确定有那么一瞬间，他一定把你想象成了谋害安娜的凶手。"

"不，我当时并没有注意到……不过我真该找个机会让那个老猫头鹰闭嘴了，因为他成天疑神疑鬼，算不上什么诚实的人！"

"这或许只是他一时的假想，并没有放在心上，却给了我设计这个戏法的灵感。我记得你曾经丢过一颗钢球，这还是你自己跟我说的。虽然你不确定，但你认为很可能是在海滩上遗失的，因为你在发生悲剧之后的几天里去过那片海滩。"

戈登爵士拍了拍自己的脑袋，惊呼道："我真的老了，老伙计！我怎么能忘记这个细节呢！"

"我的主意就是这样产生的。其余细节是后面一点点补充进去的，毕竟我不能无缘无故地控告你谋杀了自己的妻子……当然，我也没有在沙滩上发现过钢球……至于如何编造故事情节，想必不需要我在你面前班门弄斧了!"

"那么杰克堂兄和他的绵羊,真的存在吗?"

"希拉确信她母亲的叔叔至少有一个儿子。至于他是不是真叫杰克,是不是在苏格兰乡间牧羊……就不得而知了。"

随后,两人都大笑了起来。他们再次举杯,祝愿杰克堂兄身体健康,当然也没有忘了祝他的绵羊茁壮成长。

这时,我终于想起还要去清洗汽车。虽然我对自己偷听的行为感到有些羞愧,但我丝毫不后悔这么做,因为过去的半个小时带给我的感受堪称惊心动魄、精彩无比!正当我准备悄悄离开现场时,戈登爵士的表情再次吸引了我全部的注意力。尽管唐纳德·兰塞姆还在笑着啜饮威士忌,戈登·米勒爵士的脸上却已经没了笑意。

到目前为止,我刚刚目睹的这一场面,即使是在最激烈的时刻,也保留着一种悲喜剧的气氛。但事情即将发生逆转,戈登爵士接下来的话以及他说话的语气,会让你们对事情的走向猝不及防:

"讽刺的是,我亲爱的唐纳德,你在不知不觉间编排了一出紧扣现实的戏。因为我确实谋杀了我的妻子。"

## ②

"我不是在开玩笑,唐纳德。也许你并不相信我说的话,但我请你认真听我说,并且不要打断我。首先,你要知道,安娜的确有一个情人。"

"安娜?有一个情人?但是……"

"安娜的确有一个情人。"戈登爵士不容置疑地重复道,"这不是一种假设或怀疑,而是确定无疑的事实。我想,凭你对我的了解,应该知道我不能接受这种事。要说我在做决定之前犹豫不决,那就大错特错了……她本就该为自己的行径受到最严厉的惩罚。"

戈登爵士继续说道:"你刚刚为我编造的犯罪手法虽然巧妙,但如果真正实施起来,在很大程度上还是需要依靠运气,而且风险很大。当时的目击者都紧盯着那个赶去救助安娜的人……如果他是假意救人,他们很容易会看出破绽——一个在水中挣扎的人是很难掌控的,更别说把她淹死了。

"我是不会冒任何风险的。事实上,我的确让安娜躺在了最远处的岩石上,等着我过去与她会合。当然,我不是从海滩过去的,而是从那排岩石另一端的海面游过去的。如果你熟悉那儿,就会知道那边有一个很小的港湾,里面到处都是碎石,足以让最大胆的游泳者望而却步。总之,那里显然人迹罕至,十分有利于实施我的计划。我游到最远处的那块岩石附近,招呼安娜和我一起下水，然后……她再也没有浮出水面，至少没有活着出现。我特意带了一套泳衣和一顶泳帽，和她那天的衣着很像。换好衣帽后，我把安娜的尸体放在海浪无法触及的岩石底部，然后躺在她刚才休息过的地方。也许有人会注意到安娜的短暂离开，但没有人会看到她的替身是如何取代她的。我们距离海滩很远，海滩上的人不可能分得清安娜和我的身影，更何况我们还穿戴着同色系的泳衣和泳帽。我接下来所要做的就是等待，等待合适的时机出现。等我看见有人往这边看时，我就跳进水里，消失在浪花中，然后潜水过去找到尸体，把它沉到我原先从海面消失的地方，再沿着岩石最外侧悄悄溜走。这一切对我来说简直是轻而易举……"

房间里的气氛很压抑。唐纳德·兰塞姆呆呆地站在那里，看着戈登爵士平静地往两个酒杯里倒满酒。

"所以……"演员结结巴巴地说道，"你……你真的淹死了安娜？"

"嗯！这有什么难的！安娜的游泳技术很差。拿着，喝吧……"

"可……你这是谋杀！"

"一场谋杀，或者更准确地说，是一场完美的谋杀，简单中透着高明。只可惜不能把这么好的情节搬上舞台……最奇怪的就是，直到今天，我竟没有丝毫负罪感。你不会把这件事告诉别人的，对吗？不管怎么说，我认为没有多少人会相信……想必希拉听到这些也不会开心。你明白我的意思吧？"

戈登爵士瞥了一眼还没从这个故事中缓过劲来的唐纳德·兰塞姆。他微微耸了一下肩膀，然后走到了窗台前。

"没有人能改变命运的轨迹。"戈登爵士用说教的语气接着说，"我们每个人都从我们的祖先亚当那里继承了一大笔遗产，他们……"

戈登爵士没有继续往下说，他的身体因为颤抖而抽动起来。当他转过身来时，我看到他咧着嘴角。在他笑出声之前，我突然明白了过来，这又是一个恶作剧！唐纳德·兰塞姆苦笑着点点头，他对这个反击表示赞赏，但对自己这么快就上当感到不快，而他的朋友则继续笑得前仰后合。

"唐纳德，看看你自己，哈！哈！哈！你真应该看看你自己现在的表情！……你看我的样子就好像在看一个怪物……就像是兰德鲁[1]，或者是克里平[2]。天哪！这真的太有趣了！……你居然相信了我的话，哈！哈！哈！"

"你的表演确实很容易让人信服，戈登。"

"哦，请别这么说。我这辈子还没演得这么差劲过呢。真是太好笑了……你怎么会掉入这么粗浅的陷阱？"

"戈登，你搞错了。中计的那个人并不是我。"

---

[1] 亨利·德西雷·兰德鲁（Henri Désiré Landru，1869—1922），法国连环杀手。第一次世界大战期间，他曾犯下多起诈骗案，并杀害了数十人。——译者注
[2] 霍利·哈维·克里平（Hawley Harvey Crippen，1862—1910），美国医生、杀人犯。1910年，克里平及其情人被控合谋毒害并肢解了他的妻子。——译者注

"游戏已经结束了,唐纳德。别再临时找一些反击了……没有用的……我不会中计的。"

"我坚持我刚才的说法:中计的人是你,不是我。"

"哈!哈!哈!那么,我的老朋友,请你解释一下!"

"其实很简单,在听你讲述自己的犯罪故事时,我假装惊讶……"

"我也是这么想的。"我的雇主点着头,"毕竟我的故事确实太夸张,很难让人相信!"

"我想你不太明白我说的'假装惊讶'是什么意思。我不可能感到惊讶,原因很简单:安娜的情人……确实是我。我一直都知道是你谋杀了她……"

# 9
## 彼得·摩尔的叙述（5）

### ①

戈登爵士半眯着眼睛，盯着兰塞姆看了良久。然后，他走向墙壁，取下一把东方匕首，用食指缓缓抚过刀刃。戈登爵士的脸上挂着温和的笑容，然而在刀面上跃动的阳光刚好映射进他的双眼，令他显露出一种迥然不同的情绪。

"事情开始变得有趣了，我亲爱的唐纳德。"戈登·米勒爵士仅仅说道，"说真的，我必须向你承认，我已经很久没有这么开心过了……这是一次很有趣的较量。"

"你还认为这只是一场游戏？"唐纳德·兰塞姆问道。他的目光深不可测。

戈登·米勒爵士小心翼翼地将匕首放回原位，然后转过身说道：

"游戏的唯一目的，就是以这样或那样的方式让参与者获得乐趣。所以我会毫不犹豫地回答你——是的，这就是一场游戏。"

兰塞姆缓缓地点了点头，表示赞同："我明白了……"

"很好，那我们接着聊刚才的话题。我们说到哪里了？啊！对！你自称安娜的情人。我暂时不做评论，现在你可以尽情发言……但按照游戏规则，你的每一个论点都必须有充足的论据或者足以令人信服的事实作为支撑。"

"戈登，你很厉害！"兰塞姆缓缓答道，"无论如何，我都决定向你坦露所有细节。我想，已经没必要再去回想安娜是个怎样的女人……"

"确实没必要，因为我相信我和你一样了解安娜。毕竟，她是我的妻子，如果我没有记错的话……"

"在继续我们的话题之前，我想先回过头来，着重谈一谈你性格中很固化的一面：你向来以自我为中心，有着病态的占有欲，总想出风头。这种欲望成了你的一种执念，让你不惜一切代价都想赢得别人的赞叹……"

"听你说出这样一番话，我不禁觉得好笑。要知道，你可是一个无论在舞台上还是生活中都竭力想要取悦公众的演员呀……我曾经见过你在波士顿的一位朋友。在你初入演艺圈时，他就认识你了。我记不清楚他的原话了，但大意是这样的：'我从来没有遇到过像唐纳德·兰塞姆这样自命不凡的新人……他的野心太大……大到令人担忧的程度。我见过不少他这类人,但是他的野心相当于把这些人的野心全部加起来那么大。'当然,我说的这些都是题外话。抱歉,我打断了你的讲话。"

唐纳德低头看着自己的手指甲,显出一副无动于衷的样子,至少表面上是这样。

"戈登,我特意分析你的性格,自然有我的用意……说到这个,你知道我第一次遇到安娜是什么时候吧?我记得我好像告诉过你,没错……是在1933年的'毛里塔尼亚号'邮轮上。当时她和福里斯特离婚不久,正带着女儿返回英国,而我刚好要离开美国,来英国进行我的巡回演出……只不过这场巡回演出所花费的时间比我预想的要久一些,以至我到现在还留在英国。你乘坐过邮轮吗?邮轮上的生活非常舒适,令人放松,你可以花时间与人聊天。想到之后不会再有机会见到对方了,你就会比平时更容易敞开心扉。所以,我就这样结识了安娜和希拉……"

"这些我都知道,唐纳德。"

"……确实。但你不知道我们还谈论了很多关于你的事。安娜当时就提到你会是她未来的丈夫,还说她一离婚就收到了你给她写的求婚信……"

"唐纳德,我猜你一定是施展了自己全部的魅力,因为安娜并不是那种会轻意向陌生人吐露心声的人!不过对你应该是例外,毕竟那个时候你已经声名在外了……"

"我还知道,"唐纳德淡定地说道,"你们从十几岁就认识了,那时你们都住在布里斯托尔。在二十四五岁的时候,你们一度交往频繁……直到罗伊·福里斯特的出现。他算不上什么万人迷,而且在英国也没待多久——我想也就一两周吧。但他离开时却带走了一件对你来说视若珍宝的东西——安娜。一个月后,安娜成了福里斯特夫人,成了一名美国公民。如果我没有记错的话,这是在1917年10月份发生的事情。"

"是的,当时正值第一次世界大战期间。"我的雇主点燃一支雪茄,含混不清地回答道。

"安娜还向我透露,在她和福里斯特的这段婚姻期间,你一直与她保持着联系——定期给她写信,在她遇到困难时给予她支持和安慰。这种牢固的'友谊'在很大程度上也导致了她与罗伊·福里斯特分道扬镳。总之,安娜把你当成一位中世纪的骑士——一个坦率、忠诚、可靠的朋友,认为你真心实意地为她的幸福着想。因为,显然,你似乎并没有对她离开你嫁给福里斯特这件事心怀怨恨。她当时是这么想的。但在和你结婚几个月之后,她就改变了观点。她很快醒悟过来:你之所以想要得到她,完全是出于嫉妒,出于你的报复心理。你对青年时期情感受挫的痛苦耿耿于怀,你发誓要把她夺回来,只是为了抚慰你受伤的自尊心。你们结婚还不到一年,我和安娜就成了情人,我可以向你保证,这并没有费我太多力气。我们共同度过了……算了,不说了。戈登,我敢肯定,你从来都没有理解过安娜……"

"真的是这样吗?如果你们真的相处得很好,她为什么没有提出离婚？"

"戈登，你知道的，她正准备这么做。你还知道她害怕你会对此做出的反应。"

"我的朋友，这些都是你的一面之词！不过，请你继续说。"

"现在我要问你一个问题，这个问题会让你明白一些事情……你还记得你我之间的'友谊'是从什么时候开始的吗？"

戈登爵士皱起了眉头。

"自从我和安娜结婚后，自从我们认识彼此，自从我们一起工作！"

"不！不！那个时候，我们的关系仅仅是工作上的友好合作，我说的是真正的'友谊'——请容许我这么称呼……"

"嗯，自从……实际上……是在安娜死后。"

唐纳德赞同地点了点头，脸上露出一丝淡淡的笑容。

"是的，就在安娜死后。你到现在还没想明白吗？在安娜死后，在你谋杀安娜之后，我就成了你最好的朋友。"

戈登爵士朝着他的这位朋友缓缓吐出雪茄的烟雾：

"如果我没理解错的话，你是故意和我成为朋友，这是你的诡计：接近我就是为了报仇……"

唐纳德·兰塞姆的脸上露出胜利的表情，他抓起一把左轮手枪，向对手的方向挥舞着：

"两年漫长的等待！两年来，我只为这一刻而活：你的死期到了，戈登，你将为你的罪行付出代价！"

戈登爵士平静地摇着头：

"够了，唐纳德，把手枪放回原位，否则我不会相信你的话。不，说真的，以你的能耐，不可能会以这样的结局收尾。"

当时，我一直等着他们两个人大笑起来，更确切地说，是我期望着他们能大笑起来。因为我开始相信，这两个男人不再互相开玩笑了，我正在目睹一场无情的对决。我的期望落空了，这两个人都没笑。

"否则你不会相信我的话？"唐纳德·兰塞姆用尖锐的声音复述着爵士的话，同时把左轮手枪放回了原处，"你这句话的意思是说……"

"……我相信你说的话？是的，我亲爱的朋友！我一直都知道你就是安娜的情人！在过去的两年里，你想方设法地要在我背后捅刀子，我相信你做得出来。不过，有一个细节我不完全同意……那就是杀害安娜的真凶。"

"这太有趣了！如果不是你，那还能是谁？"

戈登爵士用怪异的笑容上下打量着他的客人，然后说：

"谁？没有人比你更清楚这个问题的答案了，唐纳德，凶手就是你自己……"

## ②

"我?为什么是我?怎么会是我?"

"够了,够了!唐纳德,你现在的反应可太好笑了。你知道我在说什么,而且我知道你对此心知肚明。你谋杀了安娜,手法嘛,就像我刚才说的那样。至于动机……我很乐意向你一一解释。首先,你要知道,安娜并没有向我隐瞒你们的婚外情,她很早就告诉我了。我也不是你想象中的那种善妒的家伙。对于她的出轨行为,我的确不高兴,这是事实。你肯定也感觉到了,她很快就对你厌倦了,但她不知道该怎么跟你说明白,因为你一直不肯对她放手……真是可悲。最后,她忍受不了了,恳求我插手帮她,好让你认清现实……你才是被嫉妒冲昏头脑的人,唐纳德。是你无法接受她回到我身边。你想听听我的想法吗?我认为对于一个情人来说,最糟糕的事情莫过于另一方经过深思熟虑之后仍然选择回到丈夫的怀抱。这是一次惨重的失败。唐纳德,我能理解你:像你这样一个大众情人,为什么会走到这一步?无论你再做什么,都无法让安娜回心转意,而你也无法忍受看到她投入其他男人的怀抱。于是你谋杀了安娜。"

"胡说。明明是你淹死了安娜,你比任何人都清楚这一点。"

"这里只有我们两个人,唐纳德,"戈登爵士不耐烦地说道,"你没必要演戏。"

"我也想跟你说同样的话……"

"够了！我再重复一遍，你就是杀害安娜的凶手！"

"你当我是傻瓜吗，戈登？明明是你犯下的罪行，你真的指望能说服我来当你的替罪羔羊吗？"

两个人用这样的语调又争吵了几分钟，双方的情绪越发暴躁，辩驳越加尖刻，眼神也越发凶狠。但好在他们并没有动手，没有人受到实质性的伤害。我倒真的希望他们俩能打一架，打破现场那种沉重的、充斥着仇恨的氛围。他们保持着各自的姿势，克制着自己的举动。我完全无法分辨他们中谁在撒谎。

"这样争吵下去是没有意义的。唐纳德，我们之间该有个了断了……"

唐纳德·兰塞姆挺直了身子，似乎察觉到对方意图设下陷阱。

"了断？你这么说是什么意思？"

"面对现实吧，我们当中有一个人是多余的。"

"我也这么认为。"唐纳德·兰塞姆从牙缝里挤出了这句话。

"我们别再讨论安娜了……还要考虑希拉。我永远不会允许她嫁给一个凶……这么说吧，看到她嫁给你，或许会让我崩溃。因为你现在在打算娶她为妻，不是吗？"

"是的。但并不是你想的那样，我想娶希拉并不是出于什么阴暗或狡猾的报复……而是因为我爱她。"

"我对此持保留意见。但说回刚才的话题，你同意我们当中有一个人是多余的吗？"

"完全赞同。"唐纳德·兰塞姆的脸上出现了一个微笑，"告诉我，你不会是想发起一场决斗吧？"

"是的——如果我可以这么说的话，这会是一场相当特别的、值得我们一战的决斗。我们不只是拿起枪或剑来互相对峙……我想的是一种更巧妙的决斗方式。当然，这需要我们双方都完全诚实并严格遵守规则。我们都很了解对方，知道尽管我们相互憎恨，但我们在某种程度上还是尊重对方的，比如对彼此职业上的尊重。这让我想到了我们的'艺术'，也是唯一能把我们联系在一起的东西：表演，舞台表演。说得更直白些，就是游戏与谋杀。"

戈登爵士一边说着，一边走到一个小壁龛前，从里面拿出了一个三十多厘米高的玩偶。他审视着手里的玩偶，同时用眼角的余光留意着他身后的唐纳德·兰塞姆。请允许我跟你们形容一下那个玩偶：那是一个很特别的玩偶，穿着一件长长的大衣，脸上戴着白色的面具，面具的中央伸出一个长长的鼻子……就像是瘟疫时期的医生。

戈登爵士放下了手里的玩偶，然后转过身来：

"我提议，我们通过抽签选出一个人去实施谋杀——当然，必须是完美的谋杀——但要在作案过程中将他人怀疑的矛头引向另一个人。'凶手'可以按照自己的意志行事，为了保全自身，他最好能准备一个万无一失的不在场证明，同时又要留下各种线索来让'另一个人'成为被怀疑对象。当然，'另一个人'可以用尽一切手段来为自己辩护，必要时甚至可以指控'凶手'，但是绝对不能提及这场决斗——绝对不能；同样的，当'凶手'处于劣势时，也绝不能提及这场决斗。"

"嗯……确实很有创意，"兰塞姆同意道，眼中闪烁着满意的光芒，"显然，'凶手'的处境似乎更有利些，但'另一个人'也一直处于警戒状态，并且有自己的王牌……如果他能够推翻'凶手'的不在场证明……嗯，这个主意非常好，而且这两个人当中必定有一个人会输，也就是说，会因为谋杀罪而被绞死。让我来想一想，谁会是受害者？我的意思是，谁会是那个被谋杀的人？"

"谁都可以，我的朋友，谁都可以！当然了，除了我们两个人！"

"谁都可以……"兰塞姆若有所思地重复道，"很好。那么我们的决斗期限呢？"

"我还没想好……今年年底之前，你觉得怎么样？"

唐纳德·兰塞姆点了点头。两人紧紧地握住对方的手，相互发誓会严格遵守约定。

"现在就剩一件事了：确定由谁担任'凶手'。你介意由我来操作吗？"唐纳德·兰塞姆一边说，一边从口袋里掏出钱包，取出了一枚1先令[1]硬币。

"请便。如果由你来掷硬币，那就由我来选正反面。如果是

---

[1] 英国货币单位，20先令等于1英镑，于1971年货币改革时被废除。

正面,我就会是这件完美作品的构建者;如果是反面,就由你来执行。"

"很好,就这么定了。"

说话间,唐纳德·兰塞姆把硬币抛向空中。然后,硬币掉到了地面上,发出轻微的叮当声。两个人都弯腰观察着。

不用说,从我的角度看,根本看不到地上的硬币是正是反。更糟糕的是,两个人都露出了不动声色的微笑,所以我也无法推测谁被选中去执行这场谋杀。

# 10
## 七重解答

彼得·摩尔充满歉意地耸了耸肩，然后总结道："他们没再说什么，只是握了握手，然后唐纳德·兰塞姆就朝门口走来。我不再停留，赶紧转身离开了。当天发生的一切完全超出了我的想象……别误会，我对戈登爵士和兰塞姆先生没有任何成见，但我觉得我不应该把这个秘密藏在心里……"

图威斯特博士和阿奇博尔德·赫斯特耐心地听着戈登爵士的秘书叙述这段离奇的经历，两人的目光时不时交汇在一起。

"您来告知我们这件事，是很明智的做法。"博士安抚道，"别担心，这件事不会被泄露出去，至少目前不会。我们完全能理解您的处境。但在做出任何假设之前，我想要先问您几个问题。在这场面对面的交锋中，您有没有发现任何日期上的错误，或者其他反常之处？说得更清楚一些，他们是否在某些细节上撒了谎？"

"没有。至少就我所知,没有。当然,我不能确保他们提到的日期都是准确的。不过在我看来,那些日期似乎都与实际情况相符。至于米勒夫人是否有一个情人,以及那个人是不是唐纳德·兰塞姆,我说不准。他们间或会谈论到她,但他们所说的一切都没有暗示这一点。"

"您没有想过,也许他们正在排练一场戏剧?"

彼得·摩尔摇了摇头。

"当然,这甚至是我的第一个念头,但我还是排除了这种可能性。因为有几点实在难以解释。比如,为什么他们要一气呵成地排练到底,中间没有停顿过一次?这根本说不通!"

两名侦探都赞同这位秘书的观点,纷纷点了点头。然后,阿奇博尔德·赫斯特探长问道:

"摩尔先生,您刚才说唐纳德·兰塞姆和希拉小姐刚交往几个星期……那么在此之前,希拉小姐还跟其他人交往过吗?"

彼得·摩尔原本苍白的脸上浮现出一丝红晕。他清了清嗓子,略带尴尬地说:

"是的……但那个小伙子不太……这么说吧,那个小伙子和希拉小姐的家庭背景相差悬殊。实际上,我的雇主,当然还有唐纳德·兰塞姆先生,都不太喜欢旁人提及希拉小姐的那位旧情人……"

"那您认识他吗?"

"不认识,他只去过戈登爵士的家里一两次。"

"您能跟我们描述一下他吗？"

"中等身材，看起来相当年轻，一头黑色鬈发……"

"您知道他的姓名吗？"

"我只知道他的名字，戴维。"

赫斯特探长宽阔的脸庞上露出一个怪异的笑容，他紧接着问道：

"您能告诉我们，希拉小姐是在什么时候和这个男人断绝联系的吗？断绝来往的原因又是什么？"

彼得·摩尔被这种突如其来的"质问"吓了一跳。

"我什么都不知道……我只能告诉您，我已经好几个星期没有见过戴维了，而且再也没有人提起他。考虑到唐纳德·兰塞姆和希拉小姐现在的关系，我觉得这很正常……"彼得·摩尔看了一眼钟表，"竟然已经5点多了，我没想到这么晚了……我得走了……"

彼得·摩尔再次让两位侦探向自己保证不会泄露今天的事情后才离开。图威斯特博士将他送到门口，然后回到了客厅。他的朋友正在客厅里激动地来回踱步。

"我的天哪！我的天哪！"赫斯特探长吼叫道，"我打赌这件事肯定和8月31日晚上的离奇案件有联系，如果没有，我就吃掉我的帽子！说出来你可能不相信，图威斯特，但当彼得·摩尔形容希拉·福里斯特小姐是一个漂亮的黑发洋娃娃时，我就联想到了8月31日发生的事情。戴维·科恩的乐手朋友在提到他的交往对象时也用了同样的说法。至于另外一个'娃娃',也就是那个摆放在戈登爵士的客厅里的'瘟疫医生'玩偶……更值得注意的是,戈登爵士在拿出那个玩偶后所说的话……这绝对不是巧合。我可以打包票,这一定与戴维·科恩被杀案有关……好了,如果你不介意的话,我要先给局里打个电话。"

几秒钟之后,赫斯特探长对着听筒声嘶力竭地喊叫道:

"……是的,我要找布里格斯警官,但是别跟他说是我找他,他这个人就喜欢在我面前装死……好的,我等着……布里格斯?你是在睡午觉还是在做什么?……是我,阿奇博尔德……我急需你的帮助,我想尽快获知一些信息,请你先记一下……我需要你帮忙搜集关于唐纳德·兰塞姆的全部信息……没错,那个演员……还有戈登·米勒的全部信息,以及他妻子死亡的细节……另外,请想办法弄一张他女儿的照片,希拉·福里斯特……他的女儿还是继女?不都是一回事吗?……什么意思?怎么了?这对你来说应该不是什么难事吧?……还有,去一趟科恩曾经工作过的夜总会……戴维·科恩,就是他们在垃圾桶里发现的那个人……他有一个交往对象,我们还没有确认身份的……对,就是这个意思……我认为他的交往对象就是剧作家的女儿……你今天的反应可有点儿慢……不过,要小心行事,做到绝对谨慎……好的……一会儿联系。"

赫斯特探长满意地长舒一口气,放下了听筒,然后重新坐回扶手椅上。

"阿奇博尔德，让我听听你的想法。"图威斯特博士饶有兴致地看着他的朋友，"对于这个案子，你似乎比我看得更清楚。"

"好吧，"探长谦虚地说，"只能说是看到了一丝破案的希望。其实，仔细想想，8月31日前后所发生的'假面事件'就足以显露作案者的扭曲心理……我们早该有所警觉，因为整个案件充满了演戏的味道——简直是一场宏大又令人毛骨悚然的表演……放眼整个伦敦，只有两个人能完成这样的表演：戈登爵士和唐纳德·兰塞姆。当戈登·米勒爵士盯着那个'瘟疫医生'玩偶的时候，他说：'游戏和谋杀，就是我们的艺术。'……这还不够清楚吗？你还记得那位自称是'犯罪学博士'的马库斯医生吗？……我敢打赌，这两个人都参与了科恩案。至于马库斯医生、谢尔顿医生，还有罗斯医生……我们还不知道他们是如何分配角色的，但是我们现在知道了他们的真名：米勒、兰塞姆，还有科斯闵斯基——后者可能只是一个无足轻重的帮凶。如果能够证实戴维·科恩的交往对象就是福里斯特小姐——在我看来这是板上钉钉的事情——那么他们就有很强的作案动机。戈登·米勒认为这两个人在一起有辱他的名声，而唐纳德·兰塞姆又钟情于福里斯特小姐，两个人都有理由除掉这个不入流的乐手。"

图威斯特博士捻了捻自己的胡须。

"这就说得通了……但是为什么要弄得如此戏剧化？为了除掉一个碍眼的人，何必大费周章地让受害者凭空消失又突然出现？如果犯罪动机真的如你所说，那么他们就应该神不知鬼不觉地解决掉戴维·科恩。或许，就如你猜测的那样，那两人自诩'犯罪天才'，之所以犯下这样一桩毫无缘由的、令人费解的杀人罪行，只是为了取乐……"

"但是这两个原因并不冲突啊。他们既能铲除绊脚石，又能给自己找点儿乐子，有这样的机会，何乐而不为呢？"

"有必要的话，我得承认他们的行事风格可能受到了他们所从事的职业的影响，但他们并没有丧失理智。当你有了一个很好的理由去杀人，也就有了一个足以迷惑自己的动机，不可能只是为了消遣去冒没有意义的风险。话虽如此，我还是认为他们以某种方式参与了戴维·科恩谋杀案，至少有一个人牵涉其中。我们暂且不谈这个，以后有的是时间留给我们思考。现在还有一个更严重的问题摆在我们面前：我们必须弄清楚，这场决斗究竟只是一个玩笑，还是真的会有一场谋杀……在酝酿之中的谋杀。"

"等收到布里格斯的消息，"阿奇博尔德·赫斯特探长瞅了一眼电话，"我们可能会了解得更多。比如，如果米勒夫人淹死在海滩的事件确实存在可疑之处，我们就可以推断他们没有撒谎，至少他们之中有一个人没有说谎。这就意味着他们确实相互憎恨，因此他们的决斗就可能是真的，我们必须严肃对待。"

"哎呀！我们都很清楚，这种调查可能耗时很长，而且是否会出现新证据也还未知。我们最好能利用现有的信息进行推理，考虑所有可能会出现的假设，然后排除不合理的假设。"

"我们想到一块儿去了。"阿奇博尔德·赫斯特探长笑着说道，就像一名新手扑克玩家翻开自己的牌，看到了四张A，"实际上，我想到了六种可能的解答……"

"很好，我的朋友，今天你的灰色细胞[1]一直在全速运转！说来听听。"

"如果你有任何反对意见，请随时打断我。好了，我开始说了。

"第一重解答：戈登爵士和唐纳德·兰塞姆故意戏弄他的秘书，所以编排了这么一出小闹剧。"

"关于这一点，我现在就得打断你一下。他们完全不可能预料到彼得·摩尔会在门边偷听。"

"是的，所以我们排除第一重解答。

"第二重解答：彼得·摩尔自己编造了整个故事。动机可能有好几种，我们只考虑最令人担忧的一种：他自己在策划一起谋杀案，而案情会指向凶手是米勒或者兰塞姆，再加上这两人的决斗计划又能支撑这一点。这样一来，彼得·摩尔就能置身事外了。"

"如果真是这样，那我就要向彼得·摩尔脱帽致敬了。多么出人意料的剧情啊！天哪！我完全不敢相信……这对他来说太危险了。举个例子，他今天刚刚告诉我们这场离奇的决斗，明天就真的发生了一起命案，并且所有的证据都指向了唐纳德·兰塞姆，

---

[1] 引自英国侦探小说家阿加莎·克里斯蒂笔下的名侦探波洛的标志性台词"小小的灰色细胞"。此处指在进行推理时运转大脑。

那就证明戈登·米勒才是真正的凶手。我们会把彼得·摩尔告诉我们的话转述给那两个嫌疑人,那么这两个人一定会想尽办法为自己开脱。理所当然地,我们就不得不考虑彼得·摩尔撒谎的可能性,然后会怀疑他是凶手……我觉得我们可以排除这一重解答了。"

"第三重解答:戈登·米勒、唐纳德·兰塞姆和彼得·摩尔是同谋。那为什么要这样安排?难道他们想在犯罪之前故意扰乱我们的视线?……但这个过程太复杂了,很容易弄巧成拙。那么,可能是恶作剧吗?针对我们俩的恶作剧?"

"我们可以排除这一重解答。我们的确认识戈登·米勒和唐纳德·兰塞姆,但交情不深,这一点你同意吧?他们不会冒险拿我们开这种玩笑的。另外,在彼得·摩尔的叙述中,有一个细节能够完全否定这种假设:戈登·米勒爵士拿起了一个'瘟疫医生'玩偶。既然我们基本可以确定戈登·米勒,或者唐纳德·兰塞姆,抑或是这两个人都参与了谋杀戴维·科恩的计划……由此,我们就会得出这样一个结论:他们以向我们提供他们的犯罪线索为乐。这太疯狂了。"

"你说得不错。"阿奇博尔德·赫斯特探长带着遗憾说道,"这是最不悲惨的一种解答……当然了,我完全赞同你的观点。"

赫斯特继续说道:"第四重解答:彼得·摩尔和戈登·米勒是一伙的,他们很自然地从头到尾编造了这个故事。如果说这是一场针对唐纳德·兰塞姆的恶作剧,我觉得不可能。如果说是为了让我们上当,我们刚才已经排除了这种假设。那么,就只剩下谋杀这种解释了:彼得·摩尔和戈登·米勒准备谋杀一个人——也许是他们当中某一人的仇敌,而线索会指向戈登·米勒是凶手,这就验证了彼得·摩尔所说的决斗……因此,所有的嫌疑都会落在唐纳德·兰塞姆身上。再加上一些巧妙地'被延迟'的证据,唐纳德·兰塞姆就会被定罪……"

"是的……"图威斯特犹豫了一下,若有所思地咬着烟斗,"但是这一次我还是想要提出反对意见:他们为什么要把'瘟疫医生'这个细节放到故事里呢?"

"的确。所以我甚至不必告诉你我的第五重解答。与前一重解答相似,只不过这一次,我假设的是摩尔和兰塞姆互为同谋。

"第六重解答,也是最后一重解答:彼得·摩尔一字不差地向我们叙述了他的所见所闻,戈登·米勒爵士和唐纳德·兰塞姆确实向对方发起了一个致命的挑战。虽然这听起来非同寻常,甚至有些怪诞……但我想不出还有其他可能性。你有什么反对意见吗,图威斯特?"

图威斯特博士将一只手挡在眼前,另一只手拿着烟斗,一言不发。他沉浸在自己的思考中,甚至忘记重新点燃烟斗。

"阿奇博尔德,还有第七重解答。"博士想了一会儿,说道。

"第七重解答?可在我看来,所有的可能性都已经被列出来了!"

图威斯特博士的夹鼻眼镜后闪烁着一丝奇异的光芒。

"没错……你已经列举了所有的可能性。你用数学的思维考虑了这个问题。但在我们的专业中，我们很难用上这门科学，它受严格的法则约束，过于死板，对我们的调查毫无用处。你把所有的未知因素都套入一个公式中，解答这个公式总比解答某些刑事案件容易一百倍！那是因为，在这些刑事案件中，有一个任何科学都无法掌控的基本因素：人的因素！

"你说你已经考虑了所有的可能性……大错特错！你的推理都基于一个原则，它在某种程度上是正确的，但也存在很大的局限性：一件事要么是真的，要么是假的——要么A在撒谎，要么A没有撒谎，诸如此类的分析……你要知道，有些人撒谎，却不是习惯性地撒谎。他们有时会撒一些无关紧要的小谎，但在某些情况下却会很频繁地撒谎。所以说，在绝对诚实的人和长期撒谎的人之间，存在着不同程度的撒谎者。无论处于什么情况，不同的人撒谎的方式和性质也有着细微的差别。有些人遇到麻烦时会选择隐瞒真相，另一些人撒谎纯粹是为了开心，还有一些人只在某些特定的问题上撒谎……我就不一一列举了。

"到目前为止，我们的进展还算顺利。但当我们面对某些人时，事情就会变得复杂起来。因为你会发现，那些人的回答毫无逻辑可言，他们说的话没有任何意义，他们编造的故事也没头没尾。"

"用一句话说，他们就是一群疯子！"阿奇博尔德·赫斯特探长感叹道。

"是的,他们就是疯子。当他们的疯狂显而易见时,这反而不会成为一个问题。但有时……"

"你特意指出的这个方面很有道理,"赫斯特探长插话道,"似乎恰好适用于我们的这个案子。你还记得爱德华·沃特金斯巡警的证词吗?还有戴维·科恩的房东——明登夫妇——的证词,现在戈登·米勒爵士的秘书又向我们讲述了这场令人难以置信的决斗……我们从他们那里听到的一切都像是疯子才会讲的荒诞故事。图威斯特,他们全都疯了,你听我说,他们都有病,都是疯子,都……"

"行了,别灰心,我的朋友。你似乎走在正确的轨道上。我想让你明白的是,事情并不总是那么简单……我们并不总能考虑到方方面面。在我们的调查中,情况总是这样:我们没有想到的唯一一种解答往往会被证明是正确的。这就是为什么我提到了第七重解答,一种我们现在还没有看到的可能性……"

"好吧,但这对我们的调查毫无帮助。图威斯特,你的做法有时候太可笑了:我设想了不同的可能性,却几乎被你全部否定。你用毫无意义的长篇大论混淆了整件事情,然后得意扬扬地告诉我还有另一重解答,最后你却承认自己不知道这重解答是什么。现在,你为什么不给我来点儿你的老白兰地,好让我振作起来呢?"

图威斯特博士笑着照做了。两人默默地品尝着提神酒,然后图威斯特博士走到了窗户前,认真地说道:

"我想你是对的。阿奇博尔德，我们没有必要把事情搞得太复杂。目前最重要的，是搞清楚戈登·米勒爵士和唐纳德·兰塞姆是否真的进行着决斗。如果这是真的，有一个人的生命可能就危在旦夕了……而且要我说，这个人的生存机会将非常渺茫。我们必须采取行动，但是我不知道该怎么……难道要直截了当地去质询他们？那么我们就会对彼得·摩尔食言，而且想必收获甚微。"

图威斯特博士将自己忧心忡忡的脸贴到了窗玻璃上，似乎在凝视伦敦城，而此时的伦敦城正在被黑暗和升起的薄雾缓慢地吞噬。他用沉闷的声音说道：

"但我们不能袖手旁观，阿奇博尔德，有一个人的性命危在旦夕……现在，我嗅到了犯罪的味道。"

# 11
## 初步调查

周五晚上

大本钟敲响了晚上9点的钟声。钟声在蓓尔美尔街回荡，但是绿人酒吧里的人都没有听见。在那里，嗡嗡的谈话声混杂着玩游戏的喧闹声——台球咚咚地碰撞在一起，骰子咕噜噜地滚动，扑克牌啪啪地落在桌子上，以及飞镖闷声插入镖靶。距离挂着镖靶的柱子不远处，我们的两位侦探正聚精会神地研究着他们面前的棋盘。这个区域是酒吧专门为飞镖玩家设置的，这也是图威斯特博士和阿奇博尔德探长选择这个位置的原因。

两个小时前，图威斯特灵光一闪，突然想到戈登爵士和他的朋友唐纳德·兰塞姆每周五晚上都会来这间酒吧测试他们掷飞镖的技巧。尽管他已经想不起来是谁提供了这个信息，但他相信这个情报是准确的。由此，他立马制定了一套紧急策略。

两位侦探的目光都聚焦在了棋盘上,但时不时会偷偷瞥向酒吧的入口处。

阿奇博尔德·赫斯特探长正在努力集中注意力,但这并不容易。一方面,他多年来一直梦想着能在棋盘上让图威斯特博士吃上一场败仗(这一次或许能得偿所愿);另一方面,他还惦记着刚才的叮嘱——图威斯特博士在他耳边一路唠叨到绿人酒吧。各种思绪在他可怜的脑子里争夺优先权。

"……阿奇博尔德,如果这场决斗是彼得·摩尔编造出来的,那我们就没什么可担心的了。但如果不是……稍有不慎,我们就会陷入尴尬无比的境地,而且彼得·摩尔也会因此丢掉工作,到时候他就不得不去就业市场求职,这对他来说就太不幸了。所以,我想再次强调,我们说的每一句话都要仔细斟酌,而且只说我们已经商量好的。你很清楚,我们的这两位朋友就像猴子一样精明,他们的洞察力可能只有福尔摩斯、菲尔博士和波洛三个人[1]加起来才可以与之匹敌。"

"……得想个妙招让这个喋喋不休到让人难以忍受的阿兰·图威斯特闭嘴……真见鬼!我早该知道他的皇后棋被吃掉不只是因为他的疏忽大意!保持冷静,阿奇博尔德,保持冷静,情况远非毫无希望……他只剩下一枚象、一枚车,还有……"

"……阿奇博尔德,不要被表象所迷惑……即使他们展现出

---

[1] 福尔摩斯、菲尔博士和波洛分别是英国作家柯南·道尔、美国作家约翰·迪克森·卡尔和英国作家阿加莎·克里斯蒂笔下的名侦探。

最诚挚的友谊,也绝不意味着他们没在进行最致命的决斗……这两个人都是'玩家',如果他们已经下定决心要决斗,他们就会进行到底……局面很可能会一发不可收拾!你还记得他们的恶作剧吗?媒体和公众都上了他们的当!我们要时刻牢记戈登·米勒爵士擅长策划的邪恶阴谋,以及唐纳德·兰塞姆令人叹为观止的舞台即兴表演……"

"一枚车和一枚马……如果我把马放到这个位置,就能牵制住他的车和马了……没看到什么陷阱……就这么下……好了,图威斯特,你要完蛋了,看你还能怎么办!……他在干什么?将我的军!他现在只剩下三枚棋子,但还能……"

"……所以我们只能通过暗示……千万不要让他们从我们的话里看穿我们的底牌。要让他们自己起疑心……我们要做的就是观察他们的反应,但要谨慎,非常谨慎……表现得自然点儿,时刻记住我们是偶然来到这里,是偶然遇到他们,我们……"

"我得保持冷静,保持冷静……厘清思路下棋。现在有且仅有三种可能的脱身方式。第一种……不行,我会输的;第二种方法也不行;剩下的……也不行,下一步他就要将我的军了!"

一个低沉悦耳的声音将阿奇博尔德·赫斯特探长从自己的脑力对决中唤醒。

"晚上好,先生们。看见你们真是惊喜!"

赫斯特探长抬起了头。

"戈登·米勒爵士……"探长结结巴巴地说,"真是惊喜……不可思议的巧合。"

这位著名的剧作家全身散发出一种沉静的力量。他身材健壮，衣着剪裁考究，衬得他相当年轻。他的手上戴着一枚闪闪发亮的金质图章戒指，马甲上挂着一条同样贵重的金属表链。岁月和一贯的熬夜生活几乎没在他端正的五官上留下任何痕迹。他的脸上挂着一个坦率而迷人的微笑，露出一口完美的牙齿。从他那浓密的黑发中看不到一丝白发。他那双明亮且充满笑意的眼睛就像煤玉一样闪闪发亮，让人心生好感。

"您是来追查罪犯的吗？"他对探长开玩笑道，带着一丝知悉内情的语气。

赫斯特探长立刻大笑了起来。

"当然不是！我们只是碰巧……（图威斯特博士谨慎地清了清嗓子）准备……都不重要。戈登爵士，我们能邀请您喝一杯吗？"探长突然做了个手势，将棋盘上的棋子都碰倒了。

"这是我的荣幸。我很少有机会能和你们这样杰出的侦探共饮……如果您能跟我分享一些您在破案时的故事，我想我不仅会听得津津有味，还能从中获益。我最近创作剧情都没有什么灵感……"

"很难想象您会有灵感枯竭的时候，"图威斯特博士调笑着说道，"说到您的上一部作品……那里面的素材够写三四本小说了吧？"

戈登·米勒打了一个响指，示意服务员过来，然后开口说道："是真的，那部剧作简直让我绞尽了脑汁……"

"对了，"阿奇博尔德·赫斯特探长随口问道，"您的朋友兰塞姆呢？我最近一次见他还是在……"

"他很快就来，我们有一笔账要算……"

"一笔账要算？"探长惊讶地重复道。他立刻感觉到有人在他脚上轻轻一踩。

戈登·米勒爵士从烟盒里取出一支烟，从容地点燃香烟，然后回答说："是的，我们每周的决斗……他——探长先生，您还好吗？"

"嗯？什么？没事，我很好……我在想……不用在意我，戈登爵士，请您继续说。"

"我说到哪里了……是的，我说的是掷飞镖。上周唐纳德让我输得很惨，这个仇我必须报……依我看，我们四个人也许可以来一局。"

"先生们，这是在开关于犯罪的会议吗？晚上好，图威斯特博士，晚上好，探长先生……让我猜猜是什么风把您二位吹来了：戈登需要灵感，所以想请你们给他提供帮助……"

"说得没错。"剧作家说着，回头看了看刚刚走进来的唐纳德·兰塞姆，"但是，换作我是你，我绝不会如此漫不经心……因为没有我的创意，亲爱的，你只怕会寂寂无闻！"

唐纳德·兰塞姆笑了笑，然后也坐了下来。他有着一头金发和深色的皮肤，一笑起来，他那迷人的脸上就会露出两个酒窝。

有些男人到了三十多岁，模样就不再衰老，唐纳德·兰塞姆就是这样的人。当他微笑的时候，眼角也许会有几条细纹，但这反而增添了他的魅力。和戈登·米勒一样，他也是中等身材，但他的身形更修长。无论是他的体格和谈吐，还是他那运动型但不失优雅的着装，都给人一种活力四射的感觉。

过了一会儿，四个人都看着眼前的镖靶。戈登爵士和演员为一组，图威斯特博士和探长为另一组。这场比赛并没有持续很久，这让酒吧里的一些顾客感到庆幸。首先上场的是侦探队，他们的开局还不错，阿奇博尔德·赫斯特探长的第一支飞镖就正中靶心。这不仅让戈登·米勒和唐纳德·兰塞姆目瞪口呆，更是震惊了图威斯特博士。其实早在探长掷飞镖之前，博士就已经做好了预防措施——他特意抱走了一只正在长椅上打瞌睡的猫，即使它离镖靶并不近。只见赫斯特探长摆足架势，闭上一只眼睛，舌尖抵着牙齿，手里转动着飞镖，而在一旁的图威斯特博士则看得直冒汗。

这一镖为他赢得了几声赞叹，但所有人都没有想到——图威斯特除外——这一次能击中纯属运气。他的第二支飞镖钉在了天花板的横梁上。（赫斯特探长瞪了一眼刚刚从他身后经过的酒吧服务员，但那个服务员压根儿没碰到他。）第三支飞镖落到了汉尼拔——就是那只猫——的鼻子跟前，受到惊吓的汉尼拔跳到吧台上逃走了。（赫斯特恼怒地拍打空气，试图赶走一只只有他自己才能看到的苍蝇。）至于第四支飞镖……飞到了离柱子右侧五六步远的地方，当时有一位女顾客正弯下腰捡纸牌，露出了她的臀……她尖叫了一声，立马挺直了身子。

后来，每当阿奇博尔德·赫斯特探长谈到这段往事时，他都一再强调自己拙劣的射击表现是故意为之的，目的是通过营造一种轻松友好的气氛来"消除敌人的怀疑"。图威斯特博士比任何人都要了解他的朋友，但也从未向别人吐露过自己对这个删改版故事的感想：探长没说出口的是，那支飞镖不幸地落在了一个体面人难以言说的地方。至于阿奇博尔德·赫斯特究竟是一个拙劣的掷镖者，还是一个高明的谋略家，在这个故事中并不重要。我们还是要把功劳归于他，因为他确实让剧作家和演员感到轻松愉快，而这种轻快的氛围总是有利于引导他人倾诉的。甚至当他们重新回到桌边就座时，那两人——还有图威斯特博士——仍旧笑得停不下来。赫斯特则被那位女顾客出于报复扇了两巴掌，他宽宽的脸颊上留下了火辣辣的印记。晚上10点左右，这些印记已经消退，这时赫斯特探长透露的一个消息引起了戈登爵士和兰塞姆的兴趣和注意。

"这么说，探长先生，您打算写一本回忆录？"唐纳德·兰塞姆说道。

"您的这个提议很不错，但我觉得写回忆录太简单了。我的意思是，我想要写一本小说，就是您写的那种小说，戈登爵士……"

"阿奇博尔德，你打算写一本侦探小说？"图威斯特博士一边惊呼,一边摘下了自己的夹鼻眼镜,"但你从来都没有跟我提起过!"

"嗯,是的,这个计划我酝酿已久了……"

"您知道吗,"探长接着说道,"写侦探小说比一般人想象的要困难得多。我完全有资格谈论这个问题,因为我自己有过很多次失败的尝试。不过,戈登爵士,还是请您向我的朋友解释一下吧。"

剧作家几乎是以慈父般的目光看着探长,然后他解释说:

"构思一个诡计有千百种方法,当然,难度也不同。即使我想将它简略概括,也不可能在几个小时内谈及整个主题的所有方面,因为它太复杂了。探长先生,我唯一能给您的建议是:在您着手写东西之前,您都要先建立一个立得住脚的故事框架。"

"拐着弯地夸自己智力超群……"唐纳德·兰塞姆笑了一声,然后举起了酒杯。

戈登爵士不动声色地沉默了片刻,然后慢慢地转向他的演员朋友,接着说道:"……这并不能和我认识的某些人自身的情况进行比较……"

"完全正确。"演员赞同道,"只有自己最能帮到自己……哈!哈!哈!……(他摇晃着手里的空酒杯,向酒吧服务员示意。)喂!萨姆!给我们加满!(然后唐纳德·兰塞姆明亮的目光又落回到了探长身上。)话虽如此,我也赞同戈登的说法,故事的基本框架一定要扎实。我再补充一点:情节必须是原创的!"

"说得没错。"赫斯特探长得意扬扬地说着,"我可是独辟蹊径,想到了好几个点子……"

"探长先生,您可要小心点儿。我看到我的朋友已经竖起了耳朵……我要提醒您,他可是诡计大师!如果他发现您的想法很有趣,他会无所顾忌地据为己有……"

戈登爵士抬眼看了看天花板:"我真不知道自己为什么要和一个整天诋毁我的人合作。"

"很简单,因为你再也找不到其他人来扮演你那些恐怖故事中的恐怖杀人犯角色了……但最令人吃惊的是,我发现自己一直都在按照你的意愿……"

"我亲爱的朋友,其实在内心深处,你比我更加邪恶!"

"我早就想对你说同样的话了!"唐纳德·兰塞姆在大家的哄笑声中反驳道。

酒吧服务员萨姆端上四杯威士忌,然后转身离开。唐纳德·兰塞姆低声问道:"不过探长先生,您刚才提到的那个点子到底是什么?"

"嗯,我还没有完全想好……还只是一个开头。没有太多主要人物……实际上,只有两个主角——两位侦探小说家,他们厌倦了写故事,决定要……"

"……将理论付诸实践。"兰塞姆半眯着眼睛,隔着玻璃杯望向赫斯特,"但这类题材并不新颖,探长先生……一对罪犯互为对方提供不在场证明,以掩饰他们即将轮流实施的一系列谋杀——"

阿奇博尔德·赫斯特庄重地扬了扬手，打断了唐纳德·兰塞姆的话。

"不，我说的不是犯罪同伙。恰恰相反，这是两个大人物之间的决斗，是两颗狡猾的头脑之间殊死的邪恶决斗！你们能明白我的意思吗？不断涌现的诡计、陷阱、假谋杀、假自杀、假不在场证明，一系列戏剧性表演，一个比一个更具爆炸性！"

阿奇博尔德·赫斯特探长停顿了一下，然后把酒杯举到唇边，而图威斯特博士则漫不经心地往烟斗里填烟丝。细心的人一定会注意到，尽管这两位侦探表面上态度随意，但他们从来没有像今晚这样聚精会神，他们的焦点当然是戈登爵士和唐纳德·兰塞姆二人。后者则疑惑地互相看了看，然后赞许地点点头，一致认为这是一个相当好的主意，态度上却没有表现出丝毫惊讶。

"我明白了。"戈登·米勒爵士说，"差不多了解了。这两个主角是相互争斗的敌人，他们将用……用尸体作战。"

"确实，"唐纳德·兰塞姆说，"这将会是一出很好的戏剧，只需要一幕独特的场景。舞台上呈现的是：两个对手站在聚光灯下，在他们周围，由配角们扮演的一具具尸体像棋子一样倒下，而俯视所见的场景是黑白格的棋盘。"

"说得很好……但还不够具体。"戈登·米勒爵士接着说道，"决斗的原因是什么？决斗的性质呢？您能说得更具体些吗，探长先生？"

阿奇博尔德·赫斯特探长咳嗽了一声，试图用手掌驱散刚才吐出的烟雾。

"唉，不行。我想重申一遍，这仅仅是一个开头。至于动机，我觉得可能是关于一个女人的故事，不管是不是合法的，反正是诸如此类的东西，总之这并不重要。整个故事都是围绕这两个人的对决展开的……而这正是我还没想清楚的地方。这场决斗必须是一件非常特别的事情，就像一种赌注，一种交易，或者一种挑战……好吧，我得再想想。不过我已经想好了故事的布景，在不同的场景中，两个对手轮流摘下他们的面具……"

"他们的面具？"唐纳德·兰塞姆玩味地重复着，"什么样的面具？"

赫斯特探长朝这位演员笑了笑："各种各样的面具……每个人都会借用不同的身份，为的就是迷惑对方……可能会在作案时互换面具，以便将嫌疑指向对手……甚至可以用真正的狂欢节面具，比如说……"

探长皱了皱眉头，似乎想到了什么，然后他转身对他的朋友说："图威斯特，你还记得那个神秘的案子吗？那个案子……"

"你说的是哪个案子，我的朋友？"图威斯特博士轻声问道，同时调了调夹鼻眼镜的位置。

"就是那个……"探长清了清嗓子，抱歉地看了看戈登爵士和兰塞姆，"恐怕我不便透露，先生们。"

"职业秘密。"戈登·米勒爵士心领神会地说道，"但至少可以告诉我们,这和您刚才提到的狂欢节面具有什么关系吧?"

赫斯特探长想了一会儿,然后耸了耸肩。

"其实,也没什么不能说的……毕竟这个细节也不是什么国家机密。是这样的:为了方便作案,那两个人把自己装扮成了瘟疫医生。"

## 第三部分

你来我往

# 12
## 无论是谁

星期六晚上

第二天晚上10点左右,阿奇博尔德·赫斯特探长关掉床头灯,爬进了被窝。他一直都没有睡着,白天发生的每一个细节都在他的脑海里盘旋。临近中午的时候,赫斯特探长和图威斯特博士正在办公室里讨论前一晚在绿人酒吧发生的事,布里格斯警官前来报告。尽管留给他调查的时间很短,他还是一如既往地提供了一份相当详实的初步调查报告。

布里格斯首先指出,他们对戴维·科恩女朋友身份的推测是正确的。科恩的乐手朋友们都认出了布里格斯警官所示照片上的女孩就是希拉·福里斯特。布里格斯还通过电话联系到了米勒夫人溺水事件发生后被派往赫恩湾海滩调查事故的一名警察。这名警察对于那场悲剧情况的描述确实如彼得·摩尔告诉他们的那样，并没有显露任何可疑之处。随后，布里格斯又报告了他所搜集到的关于戈登·米勒和唐纳德·兰塞姆的情报，其中一些源自各种社会杂志上的报道。这些内容也与彼得·摩尔的叙述相符。

安娜·拉德克利夫小姐和戈登·米勒爵士都出生在布里斯托尔。1917年，拉德克利夫小姐离开英国前往美国，并与罗伊·福里斯特结婚。次年，福里斯特夫妇生下了他们唯一的孩子希拉·福里斯特。1933年，福里斯特夫人与丈夫离婚，然后独自带着女儿回到了英国。虽然还没有得到证实，但是她们当时很可能和唐纳德·兰塞姆乘坐了同一艘邮轮。次年，她与戈登·米勒结婚。好几本杂志都刊登了他们的结婚照。唐纳德·兰塞姆也经常出现在这些照片中，就站在这对夫妇身边。关于他们的结合，有一篇文章用了这样的标题：《他娶到了初恋情人！》。文章的作者以其一贯的手法，渲染了戈登爵士和他妻子之间的旧情。

至于米勒夫人是否有一个情人，现在还无从得知。我们只知道唐纳德·兰塞姆与米勒夫妇交往甚密。这起所谓的通奸发生在三年前，后续的调查能否提供新线索尚且无法确定。关于米勒夫人遇害一案，同样无法断定是否会有新进展。

布里格斯警官离开之后，赫斯特探长和图威斯特博士的话题又回到了前一晚发生的事情上。

"我们现在能够肯定，"图威斯特博士宣称道，"那两个家伙对戴维·科恩的案子并不陌生……比起刚刚布里格斯向我们证实的有关希拉小姐的情况，他们在你提到瘟疫医生时的反应更加让人确信无疑。当时兰塞姆惊讶得差点儿把杯子摔到地上。哦！他很快镇定了下来，惊慌的神色只是一闪而过……戈登·米勒爵士也有些不自然，但是他的反应没有唐纳德·兰塞姆快，他过了一会儿才恢复笑容。考虑到兰塞姆的本职工作就是演员，他的反应更快，也很正常。"

"我赞同这一点。但在听到我构思的小说情节时，他们面不改色，即便我几乎不加掩饰地提到了他们之间的决斗。但凡他们有一丝心虚，也不至于毫无反应。但他们就是毫无反应，甚至连眼睛都没眨一下。告诉我，图威斯特，你真的认为这两个面带笑容的男人会像我们猜测的那样彼此憎恨，并且发起了那样一场丧心病狂的决斗？如果真是这样，我觉得他们的表现也太反常了——居然还能说笑饮酒，乐呵得像是无忧无虑的孩童。"

"没错，这正是反常之处：在我看来，他们悠闲欢快的举动'过于真实'。他们对待我们的态度，就好像我们四个是形影不离的好朋友。我不太确定——事先声明一下——但我明显能感觉到，他们其实是在和我们玩猫捉老鼠的游戏。这两个骗人的老手利用我们设下的陷阱，反而把我们俩套住了。阿奇博尔德，这就是为什么我一再向你重申，关于那场殊死决斗的假设仍然成立。在虚伪的面具背后，是他们誓死斗争到底的决心……"

"可令我困惑的是，整个晚上他们都表现得滴水不漏……直到我提起戴维·科恩的案子，他们才露出一丝破绽。你看，他们肯定怀疑我们知道他们发起决斗的'那一幕'，他们也会认为——或者至少考虑到——'瘟疫'这个细节可能引起了我们的注意，继而让我们联想到了戴维·科恩的案子。既然如此，他们为什么在听到那件案子时又表现得很惊讶呢？这很奇怪，不是吗？"

"是的，确实很奇怪。显然，他们没有料到你会提到'瘟疫'。我们能够断定他们确确实实参与了谋杀那个乐手的案子，至于彼得·摩尔所说的决斗故事是不是虚构的……在我看来，他们和这两件事情都脱不了干系……我担心更糟的情况……是的，更糟的情况……"

这些词在阿奇博尔德·赫斯特的耳边回荡了一会儿，直到他不久后陷入了不安的半梦半醒状态。他紧闭的双眼前闪现出一些画面……戈登·米勒爵士……唐纳德·兰塞姆……后者弯腰捡起了一枚硬币……然后起身和对面的人交换了一个微笑……"是正面！我来实施谋杀！""不对，是反面，应该由我来实施谋杀！""我们当中有一个人将以这样一种方式犯下谋杀罪，而所有线索都要将嫌疑引向另一个人……""但谁会是受害者？""无论是谁，我的朋友，无论是谁……无论是谁……"

正当赫斯特探长要进入梦乡时，电话铃响了。床上传来几声闷哼，然后一只笨拙的手在黑暗中摸索着，最后接起了电话。

"喂……"

"晚上好，探长。我是斯韦尔警长。刚刚发生了一起……"

"斯韦尔？你打电话到我家干什么？现在苏格兰场没有值班

的警官吗？"

"当然有……我刚才跟布里格斯警官通过电话，他让我打电话给您。我是从戈登爵士家打来的……他刚刚开枪打死了一个入室盗窃的人……这个窃贼不是别人，正是他的秘书，一个叫彼得·摩尔的人。"

# 13

## 意外

　　临近午夜，赫斯特探长的车驶进了戈登爵士的庄园。十几分钟之前，图威斯特博士坐进了他朋友的车里，一路上没说一句话。对他来说，现在作任何评论都为时过早，他急于了解关于这场惨案的确切情况。和赫斯特一样，图威斯特博士也曾暗自希望能和彼得·摩尔再见面谈谈——必要的话，对他进行真正的审问——这样至少能及时让他澄清有关那场决斗的一部分真相。此外，彼得·摩尔也能作为警方的底牌，一旦事件恶化，还可以被推到台面上来。现在事情确实恶化了，可他们的底牌恰恰从这个游戏中被剔除了。

　　两位侦探开车沿着车道，绕过隐藏在树篱中的喷泉仙女雕像，随即便看到了戈登·米勒爵士的房子，以及停在门口的两辆警车。大门的右侧有一个由两扇窗户组成的大凸窗，从窗口透出来的灯光在草地上映出了一大片长方形的光影。

赫斯特探长把车停了下来，轮胎在石子路上留下嚓嚓的摩擦声。他拔下车钥匙，然后朝那片亮着灯光的窗户抬了抬下巴。

"我猜那就是他的'巢穴'……据我所知，命案就发生在那儿。"

不一会儿，他们走进了戈登爵士的书房。房内的布置与他们根据彼得·摩尔的叙述所想象出来的样子差不多：宽敞、豪华，气氛沉重而阴森。但就目前的情况而言，这种阴森的氛围是多重因素叠加的结果：在气势恢宏的锻铁吊灯下，各式各样的武器泛着寒光；那些让人不寒而栗的蜡质面具和人物塑像，在灯光刻意的映照下显得格外醒目，它们的目光似乎都注视着这几位来到此地的客人；一具尸体躺倒在地，身旁散落着一套散架的、倒在盾牌上的盔甲，不远处立着一根柱子——这套盔甲原本应该是靠在柱子上的。盔甲上的面甲半开着，旁边有一只碎了镜面的手电筒。死者右侧身体着地，戴着一副手套，穿着一件棕色雨衣，胸前有一块深色印记。两位侦探一眼就认出死者正是彼得·摩尔。尽管右侧的下半扇窗户已经被拉起，微风涌动，空气中还是弥漫着一股火药味。

几名警察在房间里忙着收集证据，其中一个正在给戈登·米勒爵士录口供。戈登·米勒爵士正瘫坐在壁炉旁边的一把扶手椅里。图威斯特博士和阿奇博尔德·赫斯特探长走了过去。

"先生们，没想到我们这么快又见面了。"房子的主人叹息道,"更没有想到会是在这种境况下……"

两位侦探默默地点了点头。戈登·米勒穿着一件酒红色的睡袍,脸色憔悴,头发凌乱,手上紧紧握着一杯威士忌。他盯着这杯酒,仿佛它是令他愁苦的源头。他转过头,茫然地看着尸体,然后说道:

"我从来没想过他会这样……两年来,他的工作表现一直无可挑剔……他一定是走投无路了才会做出这样的事……他知道我的保险箱里没放什么钱。"

"戈登爵士,您能否解释一下到底发生了什么事……"阿奇博尔德·赫斯特探长礼貌地说着,但语气中没有丝毫同情。

"其实,也没什么稀奇……就是一次悲惨的事故……我睡得很早,已经进入梦乡了……不幸的是,我睡得并不沉……我的卧室就在这个房间的上面。当时我被一阵声音吵醒。我还以为是希拉回来了,但我看了看手表,还不到晚上11点——我觉得有些奇怪,我以为她会更晚回来。她陪同唐纳德去参加一个假面舞会了。我一直竖着耳朵听,没听见什么声音,但我确信楼下有动静。我压根儿没想到是彼得·摩尔,因为他请了一个星期的假。我决定下楼一探究竟。走到这个房间门口的时候,我通过锁孔往里面看,正好看到一道亮光扫过保险箱所在的那面墙壁。一个窃贼……我隐约看到了他的轮廓……谁会想到那个人是我的秘书呢……我小心翼翼地打开门,走了进去。我习惯在这个房间里放上一把上膛的枪,枪就挂在盔甲的盾牌后面。我走到柱子跟前,掏出那把枪，然后命令那个人举起双手，不许动。就在那时，我犯了一个错误——没有先开电灯。那人或许意识到黑暗的环境对他更有利，就猛地将手电筒砸向我，正好砸在了盔甲上。盔甲哐当一声倒在了地上，手电筒也摔灭了。趁我还没缓过劲以及房间彻底陷入黑暗的空当，那个窃贼向我冲了过来。我当时慌了，下意识就开了枪……他倒了下去。我当时很清楚自己做了什么：我刚刚肯定杀了人——一个窃贼。尽管我属于正当防卫，但是心里仍旧十分不安。直到打开灯，我才发现那个人竟然是彼得·摩尔……"戈登爵士摇摇头，长叹了一声，"然后我就报警了。"

"是什么时候发生的事？"赫斯特探长问道。

"我不太清楚……大概11点吧……"

"没错。"一位身穿制服的警察证实道，"我们在11点10分左右接到了报警电话。"

"这有什么关系——"

这时，一个穿着华丽的小个子男人走了进来，打断了戈登·米勒爵士的话。他轻快地朝着赫斯特探长和图威斯特博士打了声招呼，就朝着尸体走去。他盯着尸体看了一会儿，然后弯下腰，放下他的工具包。阿奇博尔德·赫斯特探长本想上前和他搭话，但最终打消了这个念头。劳森医生是他在调查过程中经常会打交道的法医，但他现在实在没心情去应付劳森医生那特有的幽默。于是他要求戈登爵士重复了一遍案发经过，力求准确翔实。戈登爵士照做了，而他这一次的叙述与之前的内容并没有什么不同。

"我不知道我还能告诉您些什么。"他最后无力地说道。

对面的两位侦探久久没有说话,并且面色越发阴沉。见此情景,戈登爵士的表情也逐渐发生了变化:

"我知道这是一场不幸的意外,但是我还能怎么办呢?那种情况下,我根本不可能认出他!"

"一场意外,"赫斯特探长一边沉思,一边缓慢地重复着,"我们有理由表示怀疑,戈登爵士。"

"您是在指控我谋杀吗?"剧作家问道,他的语气中惊讶的成分大于不快。

"不,不是要指控您。请您保持耐心,我们稍后会谈到这个问题。现在,我们需要确认一些事情。"

几分钟之后,两位侦探来到房子外面,走到那扇打开的窗户底下。他们的注意力集中在地面上:房子周围狭窄的花坛上没有任何脚印,其实要够上那扇窗户,也没必要踩在花坛上;但他们在那上面找到了一小块木头。然后他们回到书房,从房间里面检查了一遍窗户,也没有发现别的东西。

"这块木头是楔子吧?"探长说道,"用来顶在窗框底部和滑动的窗扇之间,这样就能保证窗户不被锁住。很常用的手法,但并不高明,因为这只能说明这间屋子里有他的同谋……但他本可以在离开的时候打破窗玻璃,营造一种破窗而入的假象,这样做风险小得多……我们来看看那个保险箱。"

保险箱被设在一个小壁龛的深处，而这个壁龛里原先应该还放着一尊雕像，现在这尊雕像被放在了地上，旁边还有一根撬棍。保险箱的前面有一块木质镶板挡着，但现在已经被撬开了。保险箱的门上只有一把锁，即使对于不常作案的小偷来说，恐怕也造不成什么障碍。挂钩周围还有一些划痕。

应赫斯特探长的要求，戈登·米勒爵士拿出钥匙打开了保险箱——这把钥匙是他从旁边的小雕像底座下面摸出来的。然后，保险箱里的东西就展现在了大家眼前。

"您看，"戈登·米勒爵士一边说，一边走到一旁，"不到50英镑……"

赫斯特抓起那些钞票，扫了一眼，然后看了看空荡荡的保险箱，把钱放回了原处。他走到了劳森医生的身边，低声问道："有什么发现吗？"

"嗯，没什么特别的。"这名小个子法医说，"近距离射击，当场死亡，凶器很有可能就是您的手下给我看的那把手枪。当然，这要等弹道专家鉴定之后才能得出结论。现在是……12点15分，死者是在一个多小时前被杀的，大约在11点左右。"

"斯道尔！"赫斯特探长叫住了一个年轻警员，"你去周围打听一下，问问这附近的人是否听到了枪声。还有你，斯韦尔，把手枪拿过来。有发现指纹吗？"

"有。"斯韦尔说，他是人体测量方面的专家。

"好的，将这些指纹与戈登·米勒爵士的指纹比对一下……"

"探长,"斯韦尔勉强开口说道,"我好像已经告诉您是谁开的枪了……"

赫斯特探长没有理会这句话,而是看了看这把被斯韦尔握住枪托的手枪。

"是一把雷明顿手枪。"斯韦尔回答,"非常漂亮,但不是新枪,而是19世纪末制造的。算得上收藏级别,而且保养得很好。弹膛里有六发子弹,现在有一发是空的。"

"你在哪里找到它的?"

"在那里,在尸体和盔甲之间,枪管还是热的。显然,这应该就是凶器……"

阿奇博尔德·赫斯特探长疑惑地看向死者。

"子弹正中心脏,"斯韦尔继续说道,"一枚点45口径[1]的子弹……请看伤口周围的火药痕迹。"

"赫斯特探长,您还是老样子啊。"劳森医生用挖苦的语气打断了他们的对话,"案件越是明显,您越是喜欢钻牛角尖。我刚才就告诉过您……"

"请保持安静!您该不会是想教我查案吧?"他又转身对戈登·米勒爵士说,"您能让我们看看您的手吗?就是您用来开枪的手。"

房主茫然地伸出了手。警员们注意到戈登·米勒的手上有很

---

[1] 口径指器物圆口的直径,点45口径约为11.43毫米。

多细小的黑点。

"探长,您还需要其他证据吗?"法医挖苦道,"好吧,如果您不反对,我就先离开了。我会尽快向您提交一份详细的尸检报告。"

阿奇博尔德·赫斯特探长若有所思地看着劳森医生离开。另一边,负责拍照的警员正在收拾他们的设备。他瞥了一眼在彼得·摩尔的衣袋里发现的钱包和钥匙,便下令移走尸体,然后重新回到戈登爵士身边。

"很好,我们现在再来回顾一下整个案发经过。在看到保险箱附近有黑影后,您小心翼翼地进入房间。当时唯一的光源是手电筒发出的微弱光束。您摸索到柱子旁,拿起一件您看不清的武器,然后向陌生人喊话。他向您扔出手电筒,手电筒砸在盔甲上摔灭了,然后房间内一片漆黑。他冲向您,您开枪……他倒下了。接下来到底发生了什么?"

"探长先生,我不知道您想证明什么,但是……"

"戈登爵士,请回答我的问题,尽可能给出精确的回答。请详细说明在那之后的每一秒里所发生的事情。"

"好吧。我尽量说得详细些。我记得,我开完枪后的第一反应就是扔掉手枪。接着,我什么也没做,就这样站了一会儿……我当时惊魂未定。然后我摸索着走向门边的开关……"

"这花了多长时间?"

"十几秒吧……我不知道……我什么都看不见……而且

我当时已经吓得不知所措了。"

"甚至有二十秒？"

"有这个可能……"

"在那段时间里，您有听到什么声音吗？"

"没有，我想应该没有……我的耳朵里都是当时开枪的声音……然后我开了灯，回到开枪的位置，随后就看到了彼得。"

赫斯特探长点了点头，嘴角露出一丝微笑。

"现在，戈登爵士，请允许我告诉您一个小故事。这个故事是昨天下午别人告诉我和我的朋友图威斯特博士的，就在我们在绿人酒吧遇到您和唐纳德·兰塞姆的几小时之前。您应该已经猜到了，那次在酒吧的会面并不是巧合。"

随后，赫斯特探长简要概述了彼得·摩尔的叙述。直到他说完，戈登·米勒爵士脸上的表情都没有一丝变化。接着，戈登爵士久久地注视着对面的探长和图威斯特博士，最后用低沉的声音说道：

"探长先生，我过去听过不少荒诞不经的奇闻，但比起您刚才叙述的那个故事，那些奇闻都显得寡淡无味。另外，您的这个故事显然从头到尾都是一个谎言。"

# 14

## 是真，是假？

过了许久，都没有人开口说话。最后，剧作家笑了笑，打破了僵局：

"我开始明白了……探长先生，根据您的说法，是唐纳德策划了这个阴谋，而我是受害者。通过掷硬币，他被选中去执行谋杀，并选择杀死我的秘书，而谋杀的罪名自然落到了我的头上。假设这是事实，假设唐纳德和我真如您所说的那样互相憎恨，简言之，假设您所说的这个故事是真实的——尽管其中包含太多不可能的因素——您真的认为我会采取这样的自卫方式吗？我还会谎称自己开枪打死了一个窃贼吗？"

"我并不怀疑您的证词。戈登爵士，您确实详细地描述了自己的经历。"

"那么，还有什么问题呢？您总不会说是我产生了幻觉，说我吃了药或者受到其他什么东西的影响了吧？"

"我还没来得及深究这个问题，但我已经看到了一种可能性……想象一下：在您开枪之前，您的秘书或许已经中了一枪，前一枪用的是装有消音器的雷明顿手枪，而他的尸体要么摇摇欲坠地靠在盔甲上，要么干脆就躺在盔甲脚下。想象一下：有人接着往手枪的那个空弹孔里放进一枚空包弹——与之前射出的那枚子弹有着同样的弹壳、同样的火药，但没有弹头；那人再把手枪放回原处，挂在盔甲的盾牌后面……您还不明白吗？您命令那个窃贼将双手举过头顶，他就把手电筒砸向您，正好击中了盔甲，盔甲散落一地，那个窃贼向您冲过来。鉴于当时情况紧急，您接下来的做法非常合理，也很容易预测——您势必会抓起那把枪。我猜，在这个房间里，这把手枪是唯一上了子弹的武器。紧接着，您开了枪……袭击者倒在了地上。您转身……房间里的黑暗持续了几秒钟，直到您打开了电灯。"

"我明白了。至于那个袭击者，他并没有死，而且显然就是唐纳德·兰塞姆。他趁着房间里一片漆黑的空当，从敞开的窗口逃走了。"

赫斯特露出一个赞赏的微笑，然后问道："戈登爵士，您觉得呢？事情会不会就是这样的？"

"实际上，这也不是不可能。"房主叹了口气，表示赞同，"这一切发生得如此突然，如此残酷……您刚刚的推理十分离谱，但我确实想不起任何可以反驳您的细节。顺便说一句，探长先生，您的思维似乎比我的还要曲折复杂，我强烈建议您赶快着手将这些绝妙的想法写成小说。但说回正题，请允许我指出，您的推理存在一个漏洞。假设唐纳德设计这一切都是为了陷害我，那我们必须承认他的手法不够高明。我当下的处境如何？我杀了人，是的，却是出于自卫！您自己也说过，当时情况紧急，我除了开枪，没有别的选择……那么最坏的情况，也不过是让我在监狱里待上几个月……而且，我认为这并不会对我的职业生涯产生任何影响。总之，探长先生，您这番关于唐纳德为了把我送上绞刑架而不择手段策划谋杀案的推理，站不住脚。"

赫斯特皱着眉头向图威斯特博士投去询问的目光，但博士双目紧闭，看起来昏昏欲睡，尽管他每隔一段时间就会吐出来的烟雾证明他并没有睡着。

"我事先向您申明过，戈登先生，"赫斯特探长回答道，"这仅仅是我初步的猜测。您刚才所叙述的案发经过很可能也和事实有出入。在发现彼得·摩尔尸体的时候，您的处境并不妙——当然，这一切都是唐纳德·兰塞姆策划的——您却在情急之下编造了一个出于自卫而开枪打死窃贼的故事，或许还改动了一两个小细节来佐证您的说法。"

戈登·米勒爵士发出一声冷笑。

"让我提醒您一下，探长先生，悲剧发生后，我立即通知了警方。您怎么会认为我能在几秒钟之内编排出这套说法呢？我知道我是这方面的专家，但也不可能做到这一步。"

"是的，这看起来确实不大可能。"图威斯特博士再次睁开眼睛，平静地说道，"戈登爵士，我希望您能告诉我们一些关于彼得·摩尔的情况，比如他的为人、他过去几天的表现、他请假的原因，以及任何可能与目前的情况有关的事情。"

剧作家的脸上闪过一丝犹豫，他想了很久才回答道：

"现在想来，尽管他已经为我工作了两年，但我对他的了解并不多。我是通过在报纸上刊登招聘广告才招到他的。他的介绍信很出彩，他本人也给我留下了很好的印象。我从未后悔过自己的选择。他聪明、机敏、谨慎，具备出色的手工技能，而且从不说废话；事实上，我们只讨论与他工作相关的事情。他就住在这里，平时很少出门。至于他的私生活，我只知道他一直单身。但每隔两个星期，他都会去利兹的父母家过周末——至少他是这么和我说的。上个星期三，他说他母亲身体不适，想请一个星期的假。我说他请假并不碍事。所以他今天早上就走了……不对，应该是昨天早上10点钟左右走的。现在想想，确实有些奇怪……他之前出门只带一个旅行包，但是这次他还带上了一个大大的手提箱……"

"依我看，"赫斯特探长站起身来，"是时候去看一下他的房间了……"

十分钟之后，两位侦探和戈登爵士再次坐回了书房的椅子里。他们刚刚检查了彼得·摩尔位于楼上的房间，虽然只是仓促地看了看，但还是发现了一些问题：床头柜上放着几本间谍小说，衣柜里只有一套工作服、一套旧西装和一双靴子。

"让我们面对现实吧。"赫斯特探长低声道。当戈登爵士打算给他倒威士忌的时候，这位探长做了一个拒绝的手势。

赫斯特探长继续说："您那位无可挑剔的秘书已经打算不再为您工作了。戈登爵士，您不觉得这很奇怪吗？……您刚才告诉我们，彼得·摩尔知道保险箱里没有多少钱……事情总是因人而异，总会有人为了不到50英镑的钱铤而走险……"

"是的，确实会有人这么做……"戈登·米勒爵士不耐烦地用手拨了拨自己蓬乱的头发，"有时候我也会在保险箱里存放更多的现金。让我难以理解的是，彼得竟会冒着被怀疑和丢工作的风险入室盗窃，就为了这点儿钱。这么做简直得不偿失啊！但是现在……"

"……但是现在他已经不在了，永远也回不来了。您又改变了对他的看法。"赫斯特探长替他说完了这句话，他似乎对这个案件有了新的看法。

"是的，尤其是……算了，事实已经摆在眼前。"

房间里又沉默下来。接着，斯道尔警员出现在他们的面前：

"有一些人声称自己听到了枪声，还有一声巨响，他们认为是汽车回火的声音。住在12号的老太太只听到一声从远处传来的声响；但住在8号的那对夫妇一直很警觉，他们刚花了半个小时安抚孩子，并且确定声音是在晚上11点的时候出现的，最多相差两分钟。"

赫斯特探长让他的下属上楼仔细搜查了彼得·摩尔的房间，然后用一种审慎的语气说："戈登爵士，我认为您还没有把您秘书的所有情况都告诉我们……"

"怎么可能！"

戈登爵士的这一声惊呼本会显得十分真挚，但他在开口前的短暂犹豫却没能逃过两位侦探的眼睛。

"是的，这就是我的想法。"赫斯特探长接着说道，"我猜您暂时不会再透露什么了。不过我也要告诉您，我们也有自己的小秘密。"他一边补充道，一边狡黠地晃动着食指。

图威斯特博士突然咳嗽了一声，然后说：

"好了，让我们回到正题。您的秘书已经决定要离开您，所以他想要拿走一些钞票作为临别礼物。但是我们很难相信他会止步于此，毕竟您收藏的那些武器也挺值钱的……"

戈登爵士点头表示赞同。赫斯特探长也点了点头，但他也懊恼自己刚才为什么没有想到这一点——这个分析很有道理。

"接下去的问题，"探长继续说，"就是要搞清楚为什么他要在星期五的下午来找我们，并给我们讲述了那个不可思议的故事。他很可能既是一个窃贼又是一个骗子，但是我并不认为他是一个疯子！那么，他为什么要告诉我们那个故事？戈登爵士，为什么呢？您肯定有自己独到的见解，我们想听一听，哪怕只是一种猜想！"

剧作家紧闭着双唇，眉头紧锁，盯着手上闪闪发光的图章戒指看了很久，似乎纠结于两种矛盾的情绪。然后，他回答道：

"不知道，我真的不知道……"

赫斯特探长刚想接过话头，图威斯特博士就做了一个阻止的手势，示意探长保持安静。博士接着说：

"戈登爵士，您刚才告诉我们，兰塞姆先生与您的女儿去了一个假面舞会。舞会的地点离这里远吗？"

戈登·米勒爵士露出了笑容：

"看来您还是认为我的朋友策划了一场阴谋……"

"他的嫌疑越来越小了……如果他能够提供自己在今晚11点的不在场证明，我们就能完全排除他了。"

"他们今晚去了盖伊·威廉姆斯的家里。威廉姆斯是一位戏剧导演，住在伦敦城的另一端，靠近……"

"我问这个问题，"图威斯特博士平静地说着，"是想知道他们是否会很晚回来……"

戈登·米勒爵士看了一眼时钟，然后说：

"我想他们会在一小时内回来。唐纳德告诉我，他们预计会在凌晨2点回来。"

"他们的证词对我们来说很重要。比如，您的女儿也许能告诉我们一些细节，让我们对您秘书的性格有更多的了解……在此期间，戈登爵士，我很乐意欣赏一下您那令人印象深刻的武器藏品……这次请将我当作一名仰慕者。"

接下去的一刻钟里，他们一直在探讨弹道学的话题，图威斯特博士对这个领域并不陌生。随后，讨论的话题转向了犯罪学史上的一些著名案件,其中一些案子的主角就出现在这个房间的四个角落里——以蜡像或者石膏像的形式留存了下来。两位侦探并没有忘记彼得·摩尔曾提到的'瘟疫医生'玩偶——它就被放在离保险箱不远的一个壁龛里。这时,图威斯特再次谨慎地示意赫斯特探长保持沉默。

"戈登爵士,在这些半身像中,有一些应该是您的手笔吧?"图威斯特博士停在克里平医生的雕像前问道。

"是的,这是我的一个业余爱好。制作人像能让我在繁忙的日常工作中得到放松,又不会让我偏离喜欢的犯罪学主题……我在制作这些作品时要比坐在打字机前更容易找到灵感。我改建了地下室的一部分,就是出于这个目的。"

"那一定很有趣!"

"您想看看我的工作室吗?"

"我的荣幸,戈登爵士……"

赫斯特探长内心咒骂着,但还是跟在两人身后进入了地下室。探长太了解他的朋友了,知道如果图威斯特博士碰到了和他志趣相投的人——也喜欢研究犯罪学的人——就把持不住内心的激动,会像小狗一样雀跃,完全沉浸在自己的话题中,不再理会其他事情。在这种情况下,无论赫斯特探长说什么,都无法引起图威斯特博士的注意,也无法提醒他当前的处境有多严峻。

当戈登爵士把他们领进他的第二个"巢穴"时,图威斯特博士仿佛年轻了好几岁,他入迷地扫视着偌大的房间,就像一个穷孩子走进了一家玩具店。

此时此刻,用"玩具店"来形容这个房间一点儿都不为过。架子上摆放着各种各样的娃娃、玩偶、面具、半身像和各种人体模型。乍一看,这些东西充满了童趣,仿佛是一群调皮的小家伙挤在一起,一边嘲笑地盯着你,一边似乎在彼此的耳边窃窃私语。这里的面具看起来也不像楼上书房里的面具那样阴森恐怖。显然,戈登·米勒爵士童心未泯,只不过他在书房里接待朋友时并不想暴露这一面。因此,他把那些看起来不那么"专业"的作品都藏在地下室里。但是,当你开始仔细观察这些五官模糊的面孔、形状粗糙的头颅、支离破碎的躯体,这种感觉就会逐渐改变。这些模型一动不动,却仿佛潜藏着生命,看起来随时都会活过来。在这个沉睡的世界里,在这些欢快的眼神和凝固的笑容中,涌动着一种既欢乐又令人不安的气氛。

工作室被分成了两个部分。右边的房间被用来存放工具,看上去都是一些业余木匠、精密仪器技师甚至钟表匠能用得上的,因为在油漆桶和其他东西的旁边,还有一些钟表机芯。当然,真正引起图威斯特博士注意的,还是左边这个堆满戈登爵士的作品的房间。图威斯特博士在一些穿着鲜艳服装的木偶中间转悠了片刻,然后转过身说:

"这太了不起了,戈登爵士,这些都是杰作啊。看着这些作品,我相信您一定花费了不少心血和时间……"

"没错。"剧作家回应道,显然对博士表现出来的兴趣感到满意和自得,"不过我也很幸运,唐纳德时不时会来帮忙。我从来没有勉强他这么做,但他和我一样,对这项活动热情高涨……"

"一个戏剧演员会对这种事感兴趣,在我看来,这很自然。面具、布景、舞台,这都是他很熟悉的东西……"

"不过,说起乔装打扮,"赫斯特探长一边说,一边漫不经心地抬起一个玩偶的脚,"他一定是这方面的行家……"

"是的,这是他的强项。赫斯特探长,我不傻,我完全明白您想暗示……暗示在那个匪夷所思的故事中,我的朋友先后扮演了牧羊人、善妒的情人和警察的角色……您还在怀疑那场决斗是真的,不是吗?"

"不是,戈登爵士。我想的不是这些,而是别的事……哈哈!"

赫斯特探长突然后退了一米远,然后用颤抖的手指向了他前一刻摆弄过的玩偶。

"探长先生,您怎么了?"

"那里……它动了……我敢肯定。"

戈登·米勒爵士忍住笑意说道:

"请允许我向你们介绍马戈。它有一个特别之处:一旦有人摘掉它的软帽——我相信您刚才做了这个动作——它就会放下手臂,低下头。"

"用了发条装置?"图威斯特博士感兴趣地问道。

"不,没那么复杂。这是一种非常古老的技术,最早可追溯

第七重解答

到古埃及时期。当时古埃及人就是使用这种技术封住了金字塔的入口：先疏通管道的末端，一点点地释放出足够多的沙子，直到那些大石块牢固地封堵陵墓。对于马戈的设计也采用了相同的原理：当您摘掉它的帽子时，就会释放少量细沙，继而带动一个悬挂着的砝码。砝码下落时会通过一个简单的杠杆系统拉动马戈的手臂和头部……"

"好吧，听起来是很简单。"赫斯特探长一边咕哝着，一边谨慎地接近马戈，他想仔细检查那个玩偶。

"探长先生，既然您这么感兴趣，我可以给您再展示一件更加惊人的东西：一个真正的自动玩偶。它在棋盘上所向无敌，从未遇到过对手！"

戈登爵士走到房间的一角，推开两个稻草人似的人体模型，得意地指着面前一个有着两扇门的大箱子，箱子上跨坐着一个真人大小的印度人塑像，塑像的面前摆着一张国际象棋的棋盘。

"别告诉我这就是梅尔策尔[1]的那个国际象棋棋手[2]！"图威斯特博士惊叹不已。

"梅尔策尔？……我从来没有听说过这个人。"赫斯特探长抱怨着。他在离自动玩偶两米远的地方站定，一脸怀疑，并且保

---

[1] 约翰·内波穆克·梅尔策尔（Johann Nepomuk Maelzel，1772—1838），德国发明家、工程师和表演家。他以制造节拍器和音乐自动演奏装置，以及展示具有欺骗性的西洋棋机器而知名。
[2] 梅尔策尔曾买下一个名为"土耳其行棋傀儡"（The Mechanical Turk）的自动下棋装置用于展览，一度引发热议，但后来被证明是一场骗局。

持警惕。

"当然不是。"米勒爵士回答道,"这只是复制品。图威斯特博士,您应该知道的,原版已经在费城的一场火灾中被烧毁了。探长先生,您可以上前一些,打开这两扇门,欣赏一下它的内部构造。"

赫斯特探长毫不迟疑地照办了。他缓慢地打开了两扇门,似乎在担心随时会有什么邪恶的生物蹿出来。他看到箱子里设有非常复杂的机械装置。在确定里面只有一些"机械装置"之后,赫斯特探长夸口说道:

"要是我在半小时内没能打败这堆废铜烂铁,那就让我当场吊死!"

"目前,这个装置完全动不了,"戈登·米勒爵士说道,"因为它缺了某个零件。但如果它能够正常运转,我不会像您那样打赌……您可能真会将自己吊上绳索。它曾击败过很多人,包括奥地利的皇后,甚至拿破仑本人。至于它是如何工作的,原因很简单:里面藏着一个人。"

"什么!藏在这里面!但是一个正常身量的人……"赫斯特探长低头看了看自己,像是把自己归入了这类人,"根本钻不进去!"

"是的……嗯……显然不可能。"图威斯特博士说,"您这种体型的人想钻进去确实很难……所以必须是身材矮小的人。曾经有一名波兰军官钻进去过,他的两条腿都被截断了,而且……

他是一个国际象棋高手。当然，在每场比赛前，都会有人检查这个自动玩偶。检查时，先是其中一扇门被打开，再关上，然后换另一扇。这样一来，藏在里面的人就可以依次躲在左边或者右边，总之会躲在关着的那扇门的后面。然后，他钻进那个印度人塑像的身体中——里面当然是空心的——通过一个隐藏在您所看到的漂亮的灰色胡须后面的开口来观察棋盘，接下来要做的就是将他的手臂伸进塑像的手臂来下棋……"

"是的！就是这么简单！"戈登爵士笑着对赫斯特探长说，"他钻进了空心的躯体里！他钻进了自动玩偶的内部，而且……"他不再说话了，因为他听到了汽车发动机的声音，接着是关闭车门的声音。"我想我的女儿和唐纳德回来了……"

# 15
## 不在场证明

一听到这个悲剧，希拉和兰塞姆脸上的喜悦和兴奋之情顿时烟消云散。在赫斯特探长向他们说明彼得·摩尔被杀的具体情况后，两人的脸色都变白了。

"兰塞姆先生，您对这件事情怎么看？"赫斯特探长最后问道。

"我怎么看？"这位演员复述道，他穿着无可挑剔的黑色西装，显得身子有些僵硬，"您希望我跟您说些什么呢？除了说这是一场意外，不幸的意外……"

"是的，当然是一场意外。"赫斯特探长回答道，他的脸上挂着一个让兰塞姆感到困惑的微笑。

接着，赫斯特探长转身对戈登爵士的继女说："福里斯特小姐，我们稍后想问您几个关于摩尔先生的问题……但我们还有一些事情要先和您的未婚夫以及戈登爵士讨论，有一些细节……您可能不会感兴趣。"

女孩的眼睛落在自己的继父身上，戈登·米勒爵士朝着她温和地笑了笑。

"亲爱的，你能让我们单独谈一会儿吗？你先去图书室等这两位先生，好吗？"

希拉默默点了点头，然后起身走了出去。等希拉离开之后，赫斯特探长再次讲述了彼得·摩尔口中那个有关决斗的故事，但这一次讲得非常详细。他只漏掉了一个细节，一个他会在不久后透露给这两位男士的细节。

兰塞姆饶有兴致地听着探长的叙述，没有打断他。奇怪的是，这个故事似乎又让他恢复了往日的自信和近乎傲慢的从容。当探长结束讲话时，他灰绿色的眼睛里闪烁着欢悦的光芒。

"我开始明白很多事情了。"唐纳德·兰塞姆冷笑道，"前天晚上您出现在绿人酒吧，就是为了……真是难以置信……您该不会想和我说，您把这个故事当真了吧？请您看看我们俩，我们像是死敌吗？"

"就在四十八小时前，"赫斯特镇定地说道，"有一个人跑来告诉我们，说你们其中一人将会实施一场谋杀……现在这个人死了。说实话，兰塞姆先生，换作您是我们，您会怎么想？"

演员往后靠在椅背上，同时跷起了二郎腿：

"我明白了……按照您的说法，命运选中了我去实施谋杀。

假设这场决斗真的存在，探长先生，按照故事的发展……我就应该留下大量的证据来指控戈登犯了真正的谋杀罪……而不是他碰巧对一个入室盗窃的陌生人犯下的罪行。"

"兰塞姆先生，我可以告诉您，我们已经考虑过相关问题了，包括您刚才提到的这个，而且我们在调查中也有了很大的进展。您还应该知道，我们有很多理由相信摩尔先生向我们叙述的是一个虚假的故事，这也意味着您与他的死亡无关……但这些并不能完全洗清您的嫌疑。总之，您能否告诉我们，并且向我们证明，今天晚上11点左右，您在做什么？"

兰塞姆的目光并没有从赫斯特身上移开，他思考了片刻，然后说道：

"我想戈登一定告诉过你们，我和希拉去参加舞会了……在盖伊·威廉姆斯家里举行的舞会，他住在芬丘奇街。"

"一场假面舞会，对吗？"阿奇博尔德·赫斯特探长意味深长地问道。

唐纳德·兰塞姆微微一笑。

"的确是一场假面舞会。但我要让您失望了，探长先生，因为我和希拉的假面都是小小的黑色缎料面具——旁人很容易认出我们。简单地说，除了我的未婚妻，我可以轻而易举地说出十来个值得信赖的证人。他们都可以做证：昨晚9点到凌晨1点30分，我一直待在舞会上。另外，我经常待在吧台旁边，您或许认识负责吧台的人，是一个叫作比尔·马斯特的男人，也是伦敦警察厅的一名警探……"

赫斯特探长点了一下头，然后说道："也就是说，在案发期间的每一分每一秒，您都有充分的不在场证明？"

"每一分每一秒？不，当然不能……另外，这会很奇怪……"他的嘴角露出一丝微笑，"好吧，我还是现在就告诉您全部的情况吧，以免您从别处听说了，反而对我产生误解。大约昨晚11点，或者更早一些的时候，一个男孩跑过来和我说有人打电话找我，所以我就去了大厅……我知道你们肯定会笑话我，不过你们也知道，我确实有一些女性仰慕者……她们胆子很大！总之，是一个叫作吉尔或者珍妮的女孩——我记不清了——打电话找我，并表示不惜一切代价也要见到我，还想要我的签名。她听说我受邀参加了盖伊的舞会，声称她自己就住在附近的朋友家，她想要抓住这个机会。她还说，两分钟之内她就能赶到大门口，并且恳求我出去见她。"兰塞姆点燃一支烟，又耸了耸肩膀："您知道的，在我们这个行当，被人看成是个粗野人总归不好……我走了出去，在她递过来的一张纸条上签了名，然后就回来了。您可别让我具体描述那个女人，我只记得她是棕色头发，相貌平平，穿着一件浅色大衣。其他的就不知道了。"

"这段小插曲花了多长时间？"

"算上打电话的时间……大约十分钟吧。不管怎么说，比尔·马斯特、希拉以及其他人都可以为我做证，我离开的时间不超过十五分钟。"

赫斯特探长掏出笔记本，仔细记下了兰塞姆提到的名字，然后说："所以，这件事发生在昨晚10点55分至11点零5分之间……"

"或许有几分钟的误差，我当时没看时间。探长先生，我也想问您一个问题：您认为从这里开车到芬丘奇街需要多长时间？"

"让我想想，现在这个时间……对于一个有经验的司机来说，我认为只需要一刻钟的时间。"

"以最快速度，还是……这样算的话，往返一趟得花上半个小时。另外，还要算上我用来布置案发现场的时间，毕竟您还怀疑我在书房里做了手脚。我想请您算算做完这些要花多少时间……"

"好吧。"阿奇博尔德·赫斯特探长用铅笔头敲了敲自己的笔记本，"如果这些人都能证实您的说法，那您就没什么好担心的了。我们说回彼得·摩尔的故事，戈登爵士，您之前说这个故事从头到尾都是他编造的。"

"是，也不是……因为唐纳德的确在星期三的下午来找过我。至于我的私生活以及安娜的情况，彼得说到的那些细节都是对的。此外，在安娜死后，我确实丢失了一颗钢球。"

"这么说来，彼得·摩尔基于真实的事件编造出了一个故事？"

"是的，不过这并不奇怪，他就生活在我身边，很容易获知这些细节。"

"说到细节，先生们，"赫斯特探长继续用温和的声音说道,"在彼得·摩尔的故事中,有一个细节我一直没向你们透露,一个无关紧要的细节……至少看起来是这样的。我想听听你们的看法。"

说完这话,赫斯特探长站了起来,挺着九十公斤的身子穿过房间,拿出一个摆在壁龛里的东西放在身后,然后转身走了回来。他突然伸出胳膊,往茶几上放了一个玩偶——正是那个被装扮成瘟疫医生的玩偶!

房间里一阵沉默。戈登爵士和唐纳德·兰塞姆就像那个长鼻子的玩偶一样,一动不动。

"先生们,二十四小时前,在我们谈论面具时,我提到了一桩刑事案件。在那起案件中,两名凶手穿着与你们面前这个玩偶相似的服装。这个玩偶也出现在了彼得·摩尔的叙述中,当时戈登爵士您正在制定有关那场决斗的规则。您对兰塞姆先生说,你们之间有着密切的联系,你们都喜欢戏剧、游戏与谋杀……您还记得吗?很好。我没提到的是:戈登爵士,当您说这些话的时候,您正攥着这个小玩偶,同时还和唐纳德·兰塞姆交换了一个奇怪的眼神,就好像'游戏和谋杀'这几个字和这个象征中世纪医生的玩偶有直接的联系。"

演员和剧作家依然无动于衷,但他们的眼神都透露出一种强烈的情绪。

"先生们,你们刚才也说过,"赫斯特探长继续说着,"彼得·摩尔的故事是基于一些真实情况编造的,并非彻底的谎话。

所以，我的问题是：你们认为'这一幕'有什么用意？或者说，彼得·摩尔是在影射什么呢？"

唐纳德·兰塞姆张口欲言，但是戈登爵士抢先开口：

"我得承认，我不太明白您的意思，探长先生。您怎么会如此重视这么一个微不足道的细节，尤其是您自己也承认我的秘书给您讲了一个胡编乱造的故事？至于这个问题，我可以回答您：'这一幕'并没有让我想到什么，绝对没有。唐纳德，你呢？"

"我也没有想到什么……"

"有一个非常简单的解释可以回答这个问题。"戈登爵士继续说道，"彼得·摩尔编造了这个细节，是为了给他的故事增色，突出可怕的一面……他也完全可以谎称我当时拿着兰德鲁或者克里平医生的头像呢……"

"好，很好。"赫斯特探长连连点头，"我现在要给你们讲讲我刚才提到的那起案件，就发生在两个月前。"

随后，赫斯特探长概述了发生在8月31日那个晚上的离奇谋杀案，但直到最后，他才透露死者的身份：

"……那个被捅了两刀的死者叫作戴维·科恩。我想你们对这个名字并不陌生……至少希拉小姐一定知道这个名字，因为我们知道她曾经是死者的女友。"

# 16
## 希拉·福里斯特小姐

房间内的气氛压抑得让人透不过气来。显然，赫斯特探长的话击中了他们的要害。

"多么有趣的故事啊！"戈登爵士打破了沉默，他拿起一瓶威士忌，往杯子里倒满酒，"毫无疑问，探长先生，您在一个晚上展现出来的想象力比我在整个职业生涯中展现的都要丰富……"

"戈登爵士，正如您所说的那样，这个故事完全是事实。"

"胡说！一个人像变魔术一样消失，然后又奇迹般重新出现……这肯定是个恶作剧！连最异想天开的侦探小说家都不敢写出这种怪诞的情节……您一定是在跟我们开玩笑，承认吧！"

"所以您不承认自己认识戴维·科恩？"赫斯特探长皱眉问道。

"请别让我承认我没说过的话。我们当然认识他！用'认识'这个词有些太过头了，因为他只来过这里一两次。我们也是从报纸上得知了他的死讯……但现在回想，我记得他是在垃圾桶里被人发现的……腹部还有伤口……"

"有两处刀伤。"赫斯特探长补充道，"报纸上之所以没有透露有关这个案子的细节，是因为我们不允许他们将细节公之于众。现在，先生们，我想请你们解释一下你们怪异的行为。"

"什么怪异的行为？"戈登爵士气恼地问道，"您总不会因为某些罪犯伪装成……伪装成这个瘟疫医生玩偶的模样，就指控我们是那起谋杀案的凶手吧？"

"那么，请您告诉我：在听到戴维·科恩遇害的消息后，为什么你们没去警局？当时他还是您女儿的男友，对吗？"赫斯特探长红彤彤的脸庞因生气变成了紫色，他的声音也高亢起来，"福里斯特小姐，或者您，抑或是这个房子里的任何人去警局了解一下情况，这难道不是你们该有的反应吗？"

"探长先生，"戈登爵士闭上了眼睛，似乎是在抑制怒气，"我希望您能多理解我们一些。您要知道，我一直不赞同我女儿和戴维·科恩的这段恋情。我对正经的音乐家并没有意见，但像他这种混迹于三流娱乐场所的夜场乐手很难让我放心。从一开始，他就给我留下了糟糕的印象——他看起来就像个流氓，而且来历不明。总而言之，我十分怀疑他跟希拉在一起只是因为看上了她的嫁妆。令我头疼的是，希拉似乎很喜欢他。在对希拉的教育上，我的态度一直很宽松。如果我强硬地反对他们交往，我担心她接受不了，那样就会适得其反。因此，我表现出极大的耐心，从没因为他们的交往而面露不满；希拉邀请他上门做客的那两次，我也没有表露出丝毫反对……我相信她迟早会意识到自己挑错了人，但您永远不知道这种……冒险会如何收场。"

戈登爵士接着说道："所以当我听说他死亡的消息时，我必须承认，我感到了某种解脱。我女儿生命中的这段插曲，虽然以悲剧收场，但总归结束了，而我也不想再听到关于那个人的任何消息。我对他的死因不感兴趣，因为我断定这不过是小流氓之间的报复而已。另外，我也不想让我的名字，尤其是我女儿的名字，牵扯进这件肮脏的事情。希拉是个通情达理的人……用不着我跟她长篇大论。那个时候，我相信她对戴维·科恩的感情已经发生了变化。"

赫斯特探长若有所思地审视了戈登爵士许久，然后又看了看唐纳德·兰塞姆。好一会儿，这位演员都盯着自己的鞋尖，似乎对此十分感兴趣。

"很好，先生们。"赫斯特探长站起身来说道，"在离开之前，我们还要向福里斯特小姐提几个问题。我相信我们很快就会有机会再次讨论刚才的话题。"


希拉·福里斯特并不能提供更多关于彼得·摩尔的详细信息。她对于他的私生活一无所知。他在她面前一直表现得很得体，除了和自己工作相关的话题，他并没有和她谈论过其他事情。

图书室是一个长方形的房间。除了从地板沿着墙壁一直延伸到天花板的书架外，家具陈设只有一张小桌子、一盏落地灯和两把宽大的扶手椅。戈登爵士的继女就坐在其中一把扶手椅里。

希拉·福里斯特穿着一件镶有银丝的礼裙，她的长相和彼得·摩尔的描述完全吻合：一头浓密的黑发如丝绸般披散在肩上，衬托出她苍白的肤色、精致的五官、红如石榴花的嘴唇以及纤细的身姿，让人不禁想起那些曾经代表法国时尚的洋娃娃。即使她那双黑眼睛收缩着瞳孔，也闪烁着一种异样的光彩——那是一种疏离、超脱的目光，跃动着奇异的淡黄色光晕。

两位侦探默默地看着希拉·福里斯特点燃第二支香烟。图威斯特博士注意到她的手在颤抖。到目前为止，都是他在向她发问，现在轮到赫斯特探长请希拉回忆一下昨晚和唐纳德·兰塞姆参加舞会的情况了。希拉·福里斯特的回答印证了她未婚夫的说法：兰塞姆一直在她的视线范围之内，除了11点左右的那段时间。他离开了多久？二十分钟或者半小时，她无法给出准确的答案。赫斯特探长想进一步探究这个问题，但是图威斯特博士转移了话题。

"希拉小姐，您的少女时代是在美国度过的，难道您不怀念那个国家吗？"

"那里的生活方式和这里的完全不同……但我一点儿也不怀念。"

"啊！我还以为……"图威斯特博士皱起了眉头，"您不是在两三年前回去过吗？"

希拉的脸上闪过一抹阴影。过了一会儿，她才回答道：

"是的，但那次回去是为了我的学业。我本打算只待一年，但我母亲在此期间去世了。我情愿再多待一段时间……再回到这里。"

"我能理解。"图威斯特博士点了点头。然后，他接着说道：

"您的名字，有些特别……或者说，是您父亲的名字有些特别，罗伊·福里斯特，这个名字很耳熟，我想我可能见过他……但那肯定是二十年前的事了……不，我可能记错了，因为我从来没有去过美国……"

赫斯特探长疑惑地看向他的朋友，但是希拉似乎并没有注意到这一幕，她说：

"我的亲生父亲只来过英国一次。实际上，就是在那一次，他在布里斯托尔遇到了我的母亲。"

"在布里斯托尔……"图威斯特博士闭上眼睛，重复道，"我们很可能见过面。我叔叔就住在那里，我有时会去看望他。"赫斯特探长僵住了，因为他的朋友从来没有跟他提起过这位亲戚。图威斯特博士继续说："但我的记性太差了，我记不起是在什么情况下见过他的……"

"请等一下。"希拉·福里斯特站了起来，"我这里应该还有一张他的照片……"

当希拉背对着他们时，赫斯特探长给了他的侦探朋友一个询问的眼神，后者朝他悄悄打了个手势，示意他不要介入。接着，图威斯特博士接过了希拉·福里斯特递过来的照片，友好地微笑着，向她表示感谢。赫斯特探长的目光越过他朋友的肩头，落在了那张照片上。照片中一对情侣手牵着手，背靠着一艘邮轮的舷窗，看起来正在海上航行。

"上面的人是我的父亲和母亲，"希拉·福里斯特说道，"这是在他们离开英国时拍摄的，不久后他们就结婚了。但请你们千万不要向我的继父提起这张照片，因为他曾经要求我母亲销毁和她第一任丈夫相关的所有物品。他……非常嫉妒。"

图威斯特博士向她保证不会向其他人提及这张照片，但他的目光却没有离开过照片。照片上的安娜·拉德克利夫光彩照人，她的身材看起来比她女儿的还要苗条，一头浅金色长发随风飘扬。两人站在一起，安娜看起来非常年轻，而罗伊·福里斯特已经露出一些老态，而且有些发福。他身材矮胖，长着一张和善的圆脸，上面布满雀斑，金色的头发修剪得很短。

"我应该是认错人了。"图威斯特博士研究完照片后说道，"我想我并没见过这个人。"

说完，他气恼地叹了口气，似乎在咒骂自己衰退的记忆力以及由此引发的小误会。他把照片还给了希拉，希拉又将照片藏回了原处。

"您和唐纳德·兰塞姆先生应该才订婚不久吧？"赫斯特探长用一种轻松随意的语气说道。

## 第七重解答

希拉·福里斯特坐回自己的扶手椅里,她茫然地看向了房间的出口:"是的,只有几个星期。"

"但您认识他已经有一段时间了……"赫斯特探长继续说道,语气同样轻松。

"是的,自从……自从我离开美国后。在离开美国的船上,我和我母亲认识了唐纳德·兰塞姆,那时我才十五岁。"

"我想你们很快就会结婚?"

"是的,大概明年春天。"

"祝贺您,希拉小姐。不过我听说兰塞姆先生似乎打算回美国去……这是真的吗?"

"是的,唐纳德确实有这个计划。"

"这样一来,您也能回到自己的故土了!"

希拉没有回答,只是一动不动地坐在那里。她的态度看起来并不像一个心烦意乱、急于结束询问的人。她面无表情,似乎心不在焉,只有手指在紧张地把玩着晚宴包上的搭扣。

这让赫斯特探长产生了一种感觉:他就像是给朋友们讲了一个笑话,最后却发现只有自己在发笑。他一直在等待一个有利的时机把话头引向重点,却没能如愿,现在他决定直奔主题:

"除了兰塞姆先生,两个月前,您曾和一个男人来往频繁……据我所知,那个男人叫作戴维·科恩?"

福里斯特小姐朝探长看了一眼,目光中透露出一丝惊讶和慌乱。

赫斯特探长不等福里斯特小姐回答，就继续讲起了这位乐手的死因。他简短地概括了那个案件，但着重指出了其中的反常与可怕之处。

"太不可思议了……"等到赫斯特探长说完，希拉·福里斯特含含糊糊地说着，"我在报纸上看到他的死讯……但您是怎么知道我们之间的关系的呢？"

"他的一个乐手朋友告诉我们的。"探长撒谎道，"我的第一个问题是：科恩先生有什么仇敌吗？或者说，您知道是谁策划了这个荒诞恐怖的假面游戏吗？总之，您能否在这个案子上向我们提供帮助？"

"不……我什么都不知道……"希拉·福里斯特回答着，同时伸手去拿她的烟盒。

"希拉小姐，请您再仔细想想。在您的……或者在他认识的人当中，是否有人会和这件事有关？"

"我不知道……不，我真的想不出来。"

"好吧，很好。现在请您回答第二个问题：在得知戴维·科恩遇害的消息后，您为什么没有立即到警察局了解情况？考虑到你们的关系，我认为您去警察局了解情况是非常合理的……"

希拉·福里斯特惊慌地环顾着四周，随即撞上了图威斯特博士的目光。博士正平静地审视着她，不过他的眼神里还带着一丝忧伤。希拉·福里斯特点燃了香烟，吸了几口才回答道：

"当时我和戴维的关系不太好。事实上，我正准备告诉他我要和他分手。当我听到他去世的消息时……"她陷入了沉默，双眼蒙上了一层水雾，两位侦探第一次在她黑色的大眼睛里看到了生气，"我很难过……我们……我们有缘无份。最后，我们之间的一切都彻底结束了……命运使然，是的，这就是命运。我想……我站出来是没有意义的。我不愿意再想起他，我要忘掉他……"

"我能理解。"赫斯特探长简短地回答道，"那么戈登爵士呢，他支持你们俩的恋情吗？"

女孩的目光投向远处。

"他从来没有对我说过任何反对的话……他总是告诉我，我可以做我想做的任何事。戴维来过这里几次，他都表示很欢迎，像朋友一样和戴维聊天、开玩笑，而且……"

希拉·福里斯特的声音再次低了下来。

"兰塞姆先生对您和您前男友的关系有什么影响吗？"

"您想知道他当时是否已经爱上我了，是吗？"希拉淡淡地笑了笑，"哦，他早就爱上我了，在我遇到戴维之前。但他觉得我太年轻了，只把我当孩子看待。"

"如果我没理解错的话，"赫斯特探长会意地笑了笑，"他对您的前男友应该没有什么好感吧？"

"他们相处得很融洽。"这位年轻的女孩回答说，"当然，他更希望戴维只是我的朋友，但除此之外，我觉得他对戴维很友善。他们并不经常见面。"

赫斯特探长停顿了一下,接着问道:

"您能说说戴维·科恩吗?他是个什么样的人?他有哪些朋友?"

"朋友?事实上,除了他乐团里的伙伴,他就没什么朋友了。他和所有人都保持着良好的关系,但交情都不深。他性格孤僻,出身贫寒。此外,他很少跟我谈起他的父母,就好像这让他很烦恼。我想他家里还有一个和他同名同姓的叔公,很早就死在精神病院里了。事实上,我们的共同点很少……除了音乐和……"

希拉·福里斯特没有继续往下说,因为她看到图威斯特博士露出了严肃而悲伤的神情——他正盯着她拿着香烟的手。

# 17
## 戏剧性转折

星期日

第二天快到中午的时候,图威斯特博士在苏格兰场遇到了布里格斯警官。他向这位满脸皱纹的小个子警官打了招呼,尽管后者明显睡眠不足,但还是报以微笑。

"如您所见,我们在警局忙得不可开交。昨晚是我值班,但我现在还在值班,今天可是星期天啊。"

"布里格斯警官,您真的需要好好休息一下了……"

"休息?我的字典里已经很久没有出现过这个词了……您瞧,昨晚这里就够……"

"又发生了一起谋杀案?"

"算是谋杀未遂吧,但结果很糟糕。救护车在运送重伤的受害者回来时,在拐弯儿的地方翻车了……护士从车里跳了出来,还好只有几处擦伤,但是受害者没能活下来。简言之,我们完成了凶手没有完成的任务。死者是……算了,不说了。我想您现在也有很多要操心的事情吧。"

"还是彼得·摩尔的那个案子。警官先生,我想问您几件事……"

"好的,不过我们晚一些再谈吧。过一会儿我要去赫斯特探长的办公室,到时候见。不管怎么说,我总是要去一趟的。"

图威斯特博士清了清嗓子,看起来有些犯愁:

"我更希望现在和您谈一谈。其实我想和您再核实一些小细节,但我并不想让阿奇博尔德知道这些,我担心会扰乱他原本的思路。而且,我对自己的猜想也没有十足的把握。您了解他……一旦他确定了一个方向,就会一股劲儿地往前冲,根本不可能让他回头。"

"他确实是那样的人!……好吧,您想要核实哪些小细节呢?"

图威斯特博士解释了一番,随后布里格斯警官惊呼道:

"就这些!嗯,好吧……这可不是什么轻松的活儿。更何况,您甚至连第二个'细节'都还没搞清楚……"

几分钟后,图威斯特博士在办公室里找到了正在专心阅读报告的阿奇博尔德·赫斯特。

"我的朋友,有什么新进展吗?"

赫斯特探长将面前的纸张推到了一边,然后靠在椅背上,若有所思地开口:

"没有什么大的进展。我给比尔·马斯特警探打了一个电话。那晚他确实在盖伊·威廉姆斯的舞会上负责照应吧台,并证实了唐纳德·兰塞姆对我们说的证词。但和福里斯特小姐一样,他也认为那名演员在晚上11点左右离开的时间要比当事人自己声称的久一些——在10点55分到11点20分之间。因此,唐纳德·兰塞姆只有二十五分钟的时间去往南肯辛顿,做些不为人知的事情,再赶回来继续参加舞会……如果是四十五分钟,他或许还能做到;但二十五分钟,简直不可能实现。他的不在场证明无懈可击。我还去调查了地铁的运行情况,也毫无收获。当时所有的地铁站都已经关闭了,南肯辛顿街上的地铁站也不例外。

"我还给在利兹的同事打了电话,刚刚他给我回电了。彼得·摩尔的母亲并没有身体不适。他的父母也不知道自己的儿子要回去跟他们过周末,至少他没有像往常一样提前告诉他们。从他昨天离开戈登·米勒爵士家到他的尸体出现在书房的盔甲旁,在这段时间里他都做了什么?他的手提箱和旅行包又在哪里?对于这些问题,我目前还没有得到任何信息,而且我严重怀疑也不会出现什么新信息。至于我们针对这起悲剧的各种调查结果,与戈登爵士的辩解也没有任何相矛盾的地方。导致彼得·摩尔死亡的子弹是从一把雷明顿手枪射出的,子弹上的指纹也是戈登爵士的;看起来,显然是死者企图入室盗窃,而剧作家是正当防卫。总而言之,我不会为戈登爵士的命运操心,他有钱有势……而且人脉够广,根本不会沾上什么麻烦。我们顶多谴责他在自家房间里放了一把上了膛的枪……"

图威斯特博士拿出了他的欧石楠根烟斗，思索着："你现在有什么想法，我的朋友？"

赫斯特探长深深地叹了口气："我想我们或许要承认彼得·摩尔确实试图偷窃他雇主的钱财。"

"你觉得他告诉我们那个故事有什么用意呢？"

"我想我有一个大致的猜测。图威斯特，你想想看，那个故事主要想告诉我们什么？当他离开我们房间的时候，我们脑子里在想什么？简单来说：有人在酝酿一场谋杀案，凶手不是戈登·米勒爵士，就是唐纳德·兰塞姆。彼得·摩尔肯定知道我们认识这两个人……"

"我明白了。彼得·摩尔希望我们能直接或间接地向那两个人说出那个故事……"

"没错。当然了，他要求我们保密，但这么做意义不大。他如果不让我们保密，反而会引起怀疑。我们再重新审视一下这件事：如果戈登爵士或兰塞姆真的打算除掉某个人，而我们恰好知晓这件事，那么他们再去实施谋杀显然是不明智的。因此，我们可以把彼得·摩尔告诉我们那个故事的举动视为一种警告，一种死亡保险……受益人正是彼得·摩尔本人。"

"换句话说，他担心他们中有一个人或者两个人都想谋杀他，而他企图以这种方式反击他们，让他们无法下手……你觉得他们的谋杀动机是什么？"

"我们只能做一些猜测……但我想或许跟敲诈勒索有关。"

"你的意思是和科恩案有关？"

"只是打个比方。"

"是的，当然了……但问题是，他还是……被戈登爵士开枪打死了。戈登爵士的诡计太高明了，竟以正当防卫的理由来杀人？你别忘了，在这种情况下，他肯定怀疑我们知道了决斗的事情。说实话，这很难让人相信……"

"如果我们假设彼得·摩尔是一个勒索者，也就证明他是一个无赖，那我们自然也会认定他会无所顾忌地去雇主家盗窃。后来，他被戈登爵士撞见并枪杀，这就只可能是巧合了……"

"总之，你完全排除了关于那场殊死决斗的假设？"

"当然。"赫斯特探长微微一笑，"想想看，我们当时还真信了他的话！"

办公室的门被敲了两下，接着布里格斯警官走了进来。

"来吧，把你知道的都告诉我们。"赫斯特探长向布里格斯招呼道，"我猜你来找我不只是为了欣赏我这双美丽的眼睛。"

布里格斯警官对同事的话充耳不闻，而是坐在了椅子上，脸上挂着他一贯的微笑。

"我先申明，还是没有什么实质性的信息。"布里格斯警官说道，"不过这似乎也证实了彼得·摩尔所说的故事是编造的。我有一位朋友，他的妻子认识安娜·米勒，她很确定安娜·米勒没有情人。她自认为与安娜·米勒的关系很亲密，不可能注意不到

171

安娜有外遇。在她看来，戈登爵士的妻子是一个非常正直、真诚和忠贞的女人，不可能对自己的丈夫不忠。安娜·米勒有时会和她谈到唐纳德·兰塞姆。这位演员是安娜的密友，仅此而已。如果他们之间有婚外情，我朋友的妻子相信自己一定会有所察觉。这是女人的直觉……"

"好的。"赫斯特探长叹了口气，"我明白了。真是见鬼，我们竟然天真地相信了那个虚假的故事！还有其他发现吗？"

布里格斯默默地点燃了一支烟，接着说道：

"根据同一个人的证词，安娜·米勒在去世前的几个星期里精神状态并不好——总是情绪低落，心力交瘁，几乎像是得了神经衰弱症。但我朋友的妻子并不知道令她陷入这种状态的原因。"

"这么说，她的溺亡很有可能是自杀行为？"

"不排除这种可能。尤其是在悲剧发生的当天，有一位在赫恩湾海滩的目击者也证实了自杀的可能性。负责此案的警员曾经向我提过这件事，但我当时没有在意。米勒夫人到达海滩时，那个目击者就注意到了她脸上的表情——忧郁且沮丧。看到米勒夫人游向岩石，他一度很担心，因为他注意到米勒夫人的游泳技术并不好。可惜的是，等到米勒夫人再次游向大海时，他并没有朝她的方向看。"

"好吧！"图威斯特博士评论道，"看来米勒一家的生活并不快乐！"

"看了他们的生活环境，我对米勒夫人的选择并不感到惊讶。"阿奇博尔德·赫斯特探长嘲讽地说道。

"我指的不是她,阿奇博尔德,我指的是福里斯特小姐,她看起来一点儿也不快乐。一个年轻女孩不会无缘无故去吸毒。哦!别跟我说你没有注意到她的状态:瞳孔收缩,脸色苍白,双手轻微颤抖……可能不太严重,因为我认为戈登爵士不会放任她吸毒的。她的香烟烟丝里混入了一点儿印度或者北美的大麻……就和我们在戴维·科恩的房间里找到的香烟一样。显然,当她向我们讲到她自己和戴维少有的共同点时,没说出口的那个爱好应该就是这个——"

"芬丘奇街……"布里格斯警官打断了他们的对话,他的脸色变得煞白,"唐纳德·兰塞姆受邀参加的那个假面舞会是不是在那里举办的?"

"是的。"赫斯特应声道,眉头紧皱,"怎么了……嘿,布里格斯,你是不是不舒服?"

"图威斯特博士,早些时候……"布里格斯警官茫然地说着,"我向您提到过一起谋杀未遂的案件,受害者后来死于救护车遭遇的交通事故。这起案件就发生在昨天晚上11点左右,地点是维纳街……离芬丘奇街只有一步之遥。"

"所以呢?"赫斯特探长恼怒地回答道,"这和我们的案子有什么关系吗?……"

"受害者是一名魔术师。一开始,我没有注意他的名字……他叫斯坦利……科斯闵斯基。"

# 18
## 维纳街上的谋杀案

大约下午2点,两位侦探向维纳街出发。赫斯特双手紧紧握住汽车的方向盘,怒视着前方,警惕着哪怕是最微小的障碍物。一旦遇上了,他就会连珠炮似的不断咒骂,伴随着一阵阵警笛鸣响。他的脸色,就和他的脾气一样,透露出愤怒与挑衅,而他那绺不断在前额跳动的头发则让他显得滑稽可笑。

"这一切似乎并没有影响你的胃口,图威斯特,"赫斯特探长絮絮不休,"虽然我们没在吃饭上花太多时间,但你好像胃口大开,要了第二份前菜,添了三次菜,还多吃了一份甜点和……"

"无论什么工作,只要是'工作',就一定会消耗能量。既然消耗了能量,就需要通过进食来补充能量。"

"我明白了,"赫斯特冷笑道,"你说的是你的脑力劳动!看来我也不需要为你的灰色细胞担心了,它们肯定不会饿死。但请你告诉我,喂饱了它们,你就不怕它们昏昏欲睡吗?"

"当然不会。"

"不过,请允许我这么说,我认为你的这些灰色细胞最近的'效率'不够高。你必须承认,在这个案子中,你并没有取得太大的进展!"

"你也必须承认,我的朋友,这不是一起普通的案件。"

当两个鲁莽的行人像兔子一样横穿牛津街时,赫斯特鸣响了喇叭,然后又开始了他的抱怨:

"这真是一场噩梦……不知道你有没有注意到,我们一直都没有找到任何实质性的证据。每当我们以为有了一点儿头绪,就会立马走进死胡同,最后又不得不回到原点。而且,我认为现在的情况比我们开始调查时还要糟糕。

"彼得·摩尔向我们讲述了一个荒唐至极的故事,然后他就死了,这让我们不得不认真对待这件事。根据决斗的规则,唐纳德·兰塞姆很可能是杀害彼得·摩尔的真凶,但他拿出了一个无懈可击的不在场证明,这就意味着我们搞错了调查方向,而且彼得·摩尔就是一个骗子。更奇怪的是,在彼得·摩尔被戈登爵士开枪打死的时候,另一个地方恰巧也发生了一起谋杀案。死者多半就是我们苦苦寻觅了两个多月的人,同时也是戴维·科恩谋杀案中的神秘帮凶;戴维·科恩死得十分蹊跷,而这位帮凶恰好是一名擅长故弄玄虚的魔术师。就在我们开始怀疑戈登爵士和兰塞姆参与了谋杀科恩的计划时,科斯闵斯基的出现再次扰乱了我们的视线。

"另一个奇怪的巧合是,科斯闵斯基遭遇袭击的地点距离兰塞姆当时所在的位置很近,而兰塞姆恰好在那个节骨眼上消失了大约二十分钟。这一切似乎都表明他就是凶手……当然,我们不禁又想起了那场神秘的决斗,只不过这一次戈登爵士成了嫌疑人——是他袭击了科斯闵斯基,并将嫌疑指向他的朋友……但戈登爵士也有充分的不在场证明,而且就像兰塞姆在彼得·摩尔被杀案中的不在场证明一样无懈可击。

"这些线索简直能把人逼疯……我们先是知道有人发起了一场决斗,并且正在酝酿一场谋杀案。结果,现在我们手上有两起几乎是同时发生的谋杀案,分别指向戈登爵士和唐纳德·兰塞姆是真凶,但这两个人偏偏都有牢不可破的不在场证明。总之,这两个案子的出现似乎既能证明那场决斗真的存在……又能否决它的真实性。"

"根据决斗的规则,被选中的人必须实施一场谋杀,并将嫌疑指向另一个人,而后者可以选择任何自保方式,但绝不能提及那场决斗……任何自保方式……"图威斯特博士若有所思地重复道,"如果那个必须'承受陷害'的人选择了'主动攻击'作为自保方式……通过策划一场谋杀案,让他的对手和他自己一样背上杀人嫌疑?"

"如果这两起案件没有同时发生,"赫斯特探长叹了口气,"我觉得你的推理或许成立。另外,他们的不在场证明……"

"他们应该有各自的同谋帮助他们完成谋杀。"图威斯特博士犹疑地反驳道,"但是你说得对,阿奇博尔德,我也无法相信这两起案件碰巧同时发生,简直比其他所有事情都更让人难以置信……但还有另一种可能的解答:戈登爵士故意枪杀了他的秘书,而唐纳德·兰塞姆则负责除掉科斯冈斯基。但这两起谋杀案的动机是什么?对于科斯冈斯基,我们可以把他看作戴维·科恩被杀案中一个碍事的证人——他是他们的同谋,所以只要他还活着,就会对他们构成永久的威胁。至于彼得·摩尔,他们之所以除掉他,只是因为他们让他告诉了我们那个故事,尤其是那场决斗,以此干扰我们在以上两起谋杀案中的调查方向;说白了,那个故事让我们彻底忽略了其他因素……"图威斯特博士又摇了摇头:"不,这太荒谬了。如果彼得·摩尔没告诉我们那个故事,我们不会联想到科恩案,也就不可能在戈登爵士那场入室行窃惨案中发现疑点,而兰塞姆也不必担心自己卷入科斯冈斯基被袭击一案……"

赫斯特探长猛地踩了一下油门。

"别说了,图威斯特,拜托你了。在过去两天里,我们提出了各种各样的假设,而且一个比一个离谱。"

"其中必定有一个是正确的……"

"我知道,第七重,你那著名的第七重解答。不过,以我们现在的查案进度,更该称它为第十重解答,第二十重解答,第N重解答!"汽车发出两声刺耳的喇叭声。"老天爷!今天大家都怎么了，都想挡我的路！"

图威斯特博士本想劝说他的朋友冷静下来，但他改变了主意，因为根据他以往的经验，这样的劝说往往适得其反。

图威斯特博士说道："如果我们从纯理性的角度来看待这个问题，戴维·科恩谋杀案无疑是这一系列事件的起点。在这起案件中，有三种可能的假设：一，兰塞姆是凶手；二，戈登爵士是凶手；三，这两人是同谋。从目前掌握的事实来看，最后一种假设仍然是最可信的。我们还发现了一个对他们都不利的动机：唐纳德爱着希拉，所以有动机除掉他的情敌；戈登爵士关心女儿的未来，所以有动机除掉这个很可能只是看上他女儿嫁妆的人。"

"除非是一桩毒品案，戈登爵士和兰塞姆都牵涉其中……"

"戈登爵士？把他女儿当客户？开玩笑！显然，你已经走火入魔了。如果你真想搞清楚这件事，就去戴维·科恩以前工作过的地方看看吧……你和我都知道，在那儿只会抓到一个普通的毒品贩子，仅此而已。但这最多只是加重了这两人的作案动机，因为他们会认为是戴维·科恩让希拉染上了这个恶习……而且，我们没有任何证据能反过来证明是希拉让戴维·科恩染上了毒瘾。"

"你的最后一句话有什么特别的理由吗？"

"可以说有，也可以说没有。但我不想在完全没有证据的情况下说出来，这样只会干扰你的思绪。我只能告诉你：福里斯特小姐有着不符合她这个年龄段的女孩的悲伤……她看起来就像是对生活毫无期待。我只是把我看到的情况说了出来。正是基于这一点，我怀疑她在认识戴维·科恩之前就已经开始吸毒了。"

"就是这样！你就是喜欢故弄玄虚！"赫斯特探长绷紧下巴，不满地说道，"不过，你要知道，比起听你的思路，听你权衡每一个细节的利弊，我更喜欢听你说这些……"

"赫斯特，在这一方面，你的想法并不比我少。"

"我知道的，图威斯特，我知道的。这正是问题所在。在我的记忆中，我们从来没有在其他案件中如此煞费苦心地辩论，如此脱离现实地畅想，如此迅速地提出种种假设，先将各种可能性结合起来，再拆解开进行交叉验证，在大脑中反复推敲……"

两人没再开口说话，直到车子减速驶上了芬丘奇街。临近街道的尽头时，赫斯特探长指了指左侧一栋建筑物优雅而气派的外墙。

"盖伊·威廉姆斯就住在这里。"赫斯特探长说道。

车子又往前开了一百米，然后进入了阿尔德盖特区。他们向右转，进入了杰沃里街，然后再向左转，进入乔治街，最后到达维纳街。

这条街道非常狭窄，灯光昏暗。右侧是一座仓库的墙面，单调且难看；墙的对面是一排三层高的楼房，上面挂满了主妇们晾衣服的木棍，奇特的小白旗在发黑的砖块和灰蒙蒙的天空的映衬下格外显眼。

两人在坑坑洼洼的道路上颠簸了一阵子，最终赫斯特探长把车子停在了8号楼附近的一辆警车的后面。

"约翰森已经到了，"他拔下车钥匙，"太好了。告诉我，图威斯特，从盖伊·威廉姆斯家到这里，还不到半英里[1]，你同意吗？以正常速度步行的话，五分钟就到了。如果他抓紧点儿，来回一趟不会超过七分钟。这样他就有十来分钟的时间……好了，我们走吧。"

他们按响了门铃，一个面露不善、目光警惕的女人开了门。

"在三楼，右手边的第一扇门。"还没等他们表明身份，这个女人就尖着嗓子说道。

爬上三楼后，赫斯特在散发着霉味的昏暗走廊里像海豹一样喘着粗气。他推开一扇半开的门，迈着沉重的步子走进斯坦利·科斯冈斯基的公寓。约翰森警员正俯身趴在窗户旁边的一张桌子上。听到动静，他直起了身子，向两位侦探打了招呼。

赫斯特探长环顾了一下这间积满污垢的房间：两个柜门上嵌着镜面的衣柜面对面摆放着；床铺凌乱，被单上沾满了黑渍；床的左侧立着一个床头柜，右侧摆放了一个塞满书籍的五斗橱；墙壁上的墙纸已经褪色，上面贴着许多歌舞剧场或者马戏团表演者的照片；一扇开着的门通向一间狭小的浴室。约翰森先前正在检查放在桌子上的一个鞋盒，此时他朝桌子的方向抬了抬下巴，两名侦探走上前去，在看到鞋盒里的东西后，不约而同地发出一声惊呼。

"这是我刚刚找到的。"约翰森警员说。"盒子被放在衣柜

---

[1] 英美制长度单位，1英里合1.6093公里。

的顶部。在我看来……"他把手伸进鞋盒，拿出一把1英镑的钞票，呈扇形摊开，就像是在摆弄纸牌，"这笔钱相当于他在那家寒酸的剧院里工作一年才能挣到的薪酬。"

赫斯特探长的脸上出现了一个狡黠的笑容，他随手抓起一沓钞票，兴高采烈地掂了掂，仿佛手中握着一笔丰厚的投资收益，然后他把钞票放回原处，找了把椅子坐下，摘下帽子。

"犯罪动机很明显了。"约翰森警员又说道。

"那我可会大吃一惊。"赫斯特探长讽刺地回答道。

"但是……"

"钱还在，不是吗？而且这笔钱藏得并不深……"

"您要知道，凶手不能在这儿停留太长时间，因为……"

"我知道。布里格斯已经告诉过我了。不过，约翰森，你想过吗，如果这个案件真的像你想象的那么简单，我还会来这儿吗？"

"嗯，好吧……"年轻的警员喃喃道。他垂下了头，就像一个被抓住把柄的小学生。

"好了，现在把你知道的都告诉我们吧。"

约翰森走到五斗橱旁，指着上面的一张照片。照片上一个高大威猛的男人俯在一个箱子上，正把箱子锯成两半，箱子里躺着一个年轻的女人，她的头和脚分别出现在箱子的两端。

"这个人就是斯坦利·科斯闵斯基，一个职业魔术师。他生前一直在一家破旧的杂耍歌舞剧场里表演魔术，剧院离这里不远，就在商业路后面的那条小巷里……"

"谢谢。我对那个街区很熟悉……"

约翰森警员装作没有听到赫斯特探长说的话，继续说道：

"今天早上，我和那家剧场的老板打了个照面。剧场因为整修而关闭了大约十天。这就解释了为什么科斯冈斯基昨晚会在家。昨晚11点左右，隔壁房间的房客听到了几声闷响和低沉的叫喊声，声音只持续了几秒钟……房门砰地关上了，然后有人从楼梯上快速跑了下去。走廊的尽头住着一个值夜班的保安，当时他正准备出房门，正好瞥见一个黑影冲进楼道。遗憾的是，他没有看清那人的长相，因为那时走廊里只有他房间里透出来的一丁点儿灯光。他唯一能够确定的是，那个人身穿深色西装，有着浅色头发……"

"是金发吗？"赫斯特探长从椅子上跳了起来。

"嗯，可以这么说。"

"是高是矮，是胖是瘦？"

"请相信我，我花了很长时间盘问他……但他无法提供更多信息。最奇怪的是，当时门房的丈夫亨利在回家的路上也撞见了这名逃犯，就在乔治街和维纳街的拐角处，距离这里不到五十米……"

"这有什么好奇怪的？"

"这位亨利先生被一个行色匆匆的男人撞倒了……但那个男人不是金发。亨利也无法给我一个非常准确的描述，因为他是在拐角处撞到那个人的，只瞥到了那个人飞快离去的背影：'一个中等身材的男人，穿着深色西装，一头黑色或者深棕色的头发。'"

赫斯特探长愣住了，他看向图威斯特博士。

约翰森清了清嗓子，继续说道：

"我知道这很古怪……但我认为，关于这最后一点，我们的证人一定是搞错了。他当时刚从附近的酒吧出来……虽然没有喝醉，但是满嘴酒气。不过，他相当确定把他撞倒在地的人就是那个逃犯，因为当他在几秒钟后回到家时，他的妻子告诉了他刚刚发生的惨剧。"

"这些可恶的证人总是这样……"赫斯特探长攥紧拳头抱怨道，"就像是他们都以提供不同版本的证词为乐……'中等身材'，那是有多高多胖？可别跟我说，他没法儿说得再详细些了。"

"他既不胖也不瘦，既不高也不矮。"约翰森警员对着赫斯特探长耐心地说道，"差不多就这些……赫斯特探长，昨晚我就注意到了，这一带夜晚的光线不是很好。我甚至想说，我们能有两个目击者就已经很幸运了。在这种案子中，这种情况很少见……

"我们11点半左右到达这里，当时科斯闵斯基斜躺在床上，处于半昏迷状态，身上的睡衣血迹斑斑；他的鼻梁骨折了，身上有几处刀伤——左臂两处，身体靠近心脏的地方有六七处，但都不是致命伤。案发现场很容易还原。从他的穿着可以看出，他原先躺在床上，直到一名访客敲响了他的房门……他起身开门。接着，他脸上挨了一拳，这一拳把他打回床上。袭击者冲向他，一心想要杀死他——我想这一点毋庸置疑，因为几乎所有的伤害都对准了他的心脏。科斯闵斯基被打得半昏半醒，只能无力地挣扎着——"

"我想知道，"赫斯特探长皱起了眉头，打断约翰森警员的话，"是什么让你如此确信你还原的案发现场是可靠的？"

约翰森指了指门。

"门锁。"图威斯特博士赞同地说道，"门锁完好无损，这证明那个袭击者不是撬锁进来的……考虑到科斯闵斯基在房间里藏了这么多钱，很难想象他在睡觉的时候会不锁门……"

"没错。而且，我并不认为那个袭击者会先用刀子捅对方，然后放下刀子，殴打对方，再拿起刀子……显然，袭击者在门被打开后做的第一件事就是用一记猛拳将科斯闵斯基打倒在地。"

"不过，科斯闵斯基……"图威斯特博士说，"并没有结结实实地挨这一拳，所以他做了一些抵抗。"

"但这个人想尽快解决他，因为他很清楚打斗的声响很快会惊动邻居。也许正是袭击者的心急之举才让科斯闵斯基死里逃生……或者说，差点儿让他死里逃生。"约翰森最后叹了口气。

"所以，如果救护车没有发生事故，科斯闵斯基可能会逃过一劫？"

"是的，其中一名护士是这么说的。科斯闵斯基虽然失血过多，但还不至于危及性命。"

"在急救人员到达之前，你询问过他吗？"

"他当时状况十分糟糕。我只听到几句模糊不清的话。"

# 19
# 科斯闵斯基的兄弟

①

虽然科斯闵斯基的死讯直到现在也没引起多大的轰动，却给菲利普·莱斯特——白房子剧场的老板——带来了很大的影响。白房子剧场其实只是一家歌舞餐饮馆，舞台搭在餐馆的最里侧。

两位侦探对死者的房间进行了十分细致的搜索，但除了鞋盒里那一大笔钱之外，他们最终还是空手离开了科斯闵斯基的房间。没有丝毫线索可以为他们指明方向。赫斯特探长去盘问了门房的丈夫亨利，同样一无所获。亨利对那个撞倒他的陌生人的描述并不比约翰森警员转述的更为准确。

"这真是一个令人难过的消息！"菲利普·莱斯特哀叹道。他个子不高，体态丰满，脸上戴着一副厚边眼镜，看起来总是汗津津的：“看来，没有人是不可取代的……不管怎么说，我很难在短期内找到一个专业能力和他一样强的人……同时在酬金上，又不会狮子大开口。您肯定能理解，我的客户都是附近的居民，所以我怎么可能竞争得过西区[1]的那些剧院，比如……老天爷！老天爷！瞧他给我留的这个烂摊子！他死得真是时候！如您所见，我的剧院正在翻修……但是现在倒好，我开始怀疑这笔投资是否过于奢侈了。"

赫斯特探长和图威斯特博士环顾了四周，心知这笔投资实际上很有必要。屋内还未翻修的部分显示出这家歌舞餐饮馆原先的破败状态。

"您说科斯闵斯基先生是一个相当出色的魔术师……"图威斯特博士说道，他看着散落在地面上的各种工具陷入了沉思。

"没错，他确实很厉害！像他这样的人才可不多见！"菲利普·莱斯特骄傲地回答说，"他尤其擅长隐身术。"

赫斯特探长的眼中闪过一丝兴趣。图威斯特博士接着问道：

"莱斯特先生，我无意冒犯，但让我感到奇怪的是，像他这样出色的魔术师为什么不另谋高就……比如，去那些能给他更高报酬的地方。"

"我完全理解您的意思。不过，您要知道，在四五年前，科斯闵斯基先生发生……发生过一次意外。当时他在表演掷飞刀，但

---

[1] 此处指伦敦西区，也是与纽约百老汇齐名的世界两大戏剧中心之一。

是与大多数魔术师不同，他在那次表演中没有用任何花招儿，结果其中一把飞刀刺中了他搭档的肩膀……这也葬送了他的前程。"

屋内一阵沉默。"但是在我这儿，人们并不在意这种事情。"

"那您知道他平时有什么仇人吗？"

菲利普·莱斯特想了一会儿。

"不，据我所知没有。不过，我想他的兄弟应该能给您一个更直接准确的答案。"

"据科斯闵斯基先生的房东说，"图威斯特博士说道，"他把自己的魔术道具都放在了剧场里……我们能去看看吗？"

菲利普·莱斯特点了点头，并且给两人带了路。过了一会儿，三个人走进了一个潮湿的房间，里面摆放着大大小小的箱子。

"我就不打扰你们工作了。"老板说道，"如果两位还有其他问题要问，可以到我的办公室找我。"

等菲利普·莱斯特离开之后，赫斯特探长发出了一声冷笑。

"擅长隐身术……直觉告诉我，这和某个案子脱不了干系。"

图威斯特博士好像并没有在听赫斯特探长讲话，他已经开始翻找科斯闵斯基的各种工具，就像一只嗅到新线索的猎犬。在赫斯特探长平静的注视下，图威斯特博士打开了一个又一个的箱子。作为一名魔术爱好者，图威斯特博士对于箱子里面装着的各种各样的装备并不陌生：镜子、绳索、剑、金属棒、纱巾、链条、高礼帽，还有一些其他的舞台服装。

经过十五分钟的搜寻，图威斯特博士直起身子，掸了掸裤子上的灰尘。

"我的朋友，你指望找到什么？"赫斯特探长笑着问道，"瘟疫医生的伪装道具？他们肯定已经处理掉了，你认为……"

图威斯特博士思索了一会儿，然后指着一个棺材大小的箱子说：

"你知道这是做什么用的吗？"

"等一下……箱子的两端都留有孔洞……不会是用来表演'锯女人'的道具吧？"

"没错，就像我们在他公寓的照片上看到的那样。阿奇博尔德，你知道这个魔术的窍门吗？"

"不知道，天哪！我都不知道看过多少次这种表演了，每一次我都绞尽脑汁，却始终找不到答案！"

"很好。"图威斯特博士一边说，一边拿起一把手锯，"那么我提议来做一个小实验，请你先钻进去……"

"什么！"赫斯特探长惊得扔掉了手里的雪茄，"你想让我钻进这个箱子里，然后……想都别想！"

"那好吧。"图威斯特博士一脸严肃地说，"这样的话，你就永远不会知道答案……"

赫斯特探长低声抱怨着，猛地掀开了一个壁橱的门以发泄自己的怒火。

"瞧……我倒要看看这里面有什么。这看起来像是那个梅尔策尔的机械人的服装……你知道的，就是摆在戈登爵士的地下室里的那个国际象棋棋手。"

图威斯特博士也把目光转向了壁橱，只见狭窄的壁橱里挂着两套印度人的服装。

"还真像戈登爵士说的那样，"赫斯特探长扑哧一笑，"只要钻进去……就能成为国际象棋大师！哈哈！"

赫斯特探长的愉悦之情显然缺乏感染力，图威斯特博士的脸阴沉了下来。沉思良久之后，博士走上前仔细地检查起了那个壁橱。壁橱里有一根金属杆，上面挂着各式各样的衣服。然后，他弯下腰，从壁橱里拖出一个大箱子。他打开箱子，凝视着箱子里的东西：一件用金属丝和几根不同尺寸的金属杆做成的紧身胸衣，其中一些金属杆的末端还装着螺钉和螺母。

"阿奇博尔德，如果这起案件能真相大白，你将再次功不可没。"

## ②

座钟敲响了五声，随后便是一片死寂。整幢房子里只有戈登爵士房间里的台灯还亮着。演员和剧作家面对面坐着，柔和的灯光映衬出了他们紧张的神情。他们冷冰冰的面孔似乎比周围的面具更加令人不安。唐纳德·兰塞姆刚刚把科斯闵斯基的死讯告诉了他的朋友。作为回应，戈登·米勒爵士从书桌的抽屉里拿出了四颗钢球，让它们在手上叮叮当当地来回碰撞着。除了手上的这个动作，他一动不动，眼神中透露出惊愕和愤怒。

"这正是我们需要的……"戈登爵士最后说道，"你从哪儿得知这个消息的？"

"盖伊·威廉姆斯。今天下午早些时候，他给我打过电话。他的住处距离斯坦利只有一步之遥，你知道的……"

"这正是我们需要的……"戈登爵士用阴险的语气重复着。

"在某种程度上，我不禁怀疑这起救护车事故是天意……"兰塞姆叹息道，"他……他现在什么都说不了了。"

"天意？你把那些警察当白痴了？他们本来不知道谁是科斯闵斯基的，现在倒好……他们怎么可能不把两件事联系起来？假如你是警察，你会怎么想？我们能告诉他们什么？说我们不认识科斯闵斯基？他们很快就会发现这不是真的。还有，我一想到你昨天向警方叙述的事，关于那个仰慕者打电话找你的事……说真的，我的朋友，你当时还不如什么都不说……"

"在你看来，我应该告诉他们打电话给我的人的名字吗？"

"不，当然不行……那样只会让情况更糟。"

"顺便说一句，当时我压根儿没预料到有人企图谋杀斯坦利。"

"是啊，你当然预料不到。"剧作家心事重重地附和着，"但是，那通电话意味着什么？袭击者又是谁？"

兰塞姆点燃了一支香烟，然后摇了摇头。

"说真的,我现在毫无头绪。"

戈登爵士站起身,拿来了一瓶威士忌酒和两个杯子,默默往杯子里倒满酒。

"我在想,"戈登爵士倒完酒后说道,"我是否应该告诉他们关于彼得的全部真相。"

兰塞姆抬起了头,脸上似笑非笑。

"关于这一点,不管怎么说,这都是他应有的报应。他往那个故事里添油加醋的说辞,很明显是他的谎言。但我们至少可以说,他的偷窃行为是不被接受的……我希望你想清楚,如果我们坦白了自己的小把戏……你的行为即使算不上预谋杀人,也会显得非常可疑。"

"我当然知道,我又不是傻子。"戈登爵士反驳道,"可是现在的情况对我们很不利。我们困在了自己编造的谎言里。如果只是我们,情况还没那么糟。但是现在希拉也牵扯其中……只要警方把她带去审问一番,我们就会有很多麻烦。"

兰塞姆将杯中的酒一饮而尽:"我待会儿去跟希拉谈谈。"

"听着,我已经嘱咐过她了。"

演员用手慢慢地捋了捋自己的金发,一副若有所思的样子。他拿起朋友的一颗钢球,看了一会儿,然后说道:

"我很想知道图威斯特博士和那个迟钝的探长是怎么看我们的。有一点是可以肯定的:他们一定以为我们在为那场决斗进行殊死搏斗……"

## ③

临近晚上8点，赫斯特探长的蓝色轿车缓缓驶上了商业街。在雾气笼罩的寂静街道上，寥寥几盏路灯几乎隐匿不见，偶尔有一两个行人在墙面上留下模糊不清的身影。

"图威斯特，不知道你是否注意到了，"赫斯特探长俯身趴在方向盘上说道，"除了兰塞姆和米勒的住处外，我们一直在这块区域打转。盖伊·威廉姆斯的房子就在伦敦城的东边，稍远一点儿是维纳街，从那儿步行到戴维·科恩住的国瑞街只需要五分钟，离那个倒霉的莱斯特先生的歌舞餐饮馆也就一英里。莱斯特先生让我们在这个点来这儿找斯坦利·科斯闵斯基的兄弟，因为他总是在这个时间出现在'十个钟'酒馆里，而这儿离酒馆也不远。"

图威斯特博士阴沉着脸，看着窗外白教堂区的房子。

"我不知道，"图威斯特博士严肃地说道，"这个街区还能不能从半个世纪前的可怕故事[1]中恢复过来。看看这些阴森的建筑、这些墙壁、这些砖块，它们似乎还散发着血腥味……那是被恶魔残害的不幸受害者的鲜血……"

"你真的认为现在应该谈论那一系列可怕罪行吗？……"赫斯特探长低声抱怨道，努力不让自己因恐惧而战栗。

---

[1] 指发生于1888年8月至11月的"开膛手杰克"系列谋杀案，作案地点均在伦敦东区白教堂一带。

"每一块砖石都像是在提醒我们那个血腥的秋天……凶手的影子还在这附近徘徊，我们能够感受到他的存在……"

"够了！你要是再多说一个字，就自己去审问约瑟夫·科斯闵斯基吧！我的朋友，你对那个案子太执着了，总能拐弯抹角地提到它。相信我，图威斯特，要不是我们已经认识了这么多年，我还真担心你的心理状态呢。你几乎迷恋上了那个嗜血恶魔的罪恶行径！"

"据我所知，他是唯一一个能让苏格兰场的警察束手无策的罪犯。所以，在某种程度上，我们可以把他视为艺术家；或者更进一步说，他是一个纯粹主义者。他只用刀作案，而且总活跃在同一个区域，也就是……在这里，他提前告知警方他接下来的所作所为，给警方抓他的机会，并以此为傲……不，阿奇博尔德，他没有疯，至少不是你以为的那种疯。事实上，如果我没记错的话，不久前我也对你说过同样的话……我想我们已经到了。"

赫斯特探长将车停在了斯皮塔菲尔德教堂附近，这座教堂的灰色外墙在迷雾中若隐若现。他们刚关上车门，教堂塔楼上就响起了晚上8点的钟声。最后一声似乎惊醒了附近的一条狗，它开始狂吠起来。在下一条街的拐角处，从一面玻璃窗里透出了淡黄色的光斑，里面传出阵阵低沉的笑声。赫斯特探长朝着'十个钟'酒馆的方向走去，图威斯特博士则停留在原地，他的目光迷失在教堂前面那条昏暗的小巷子里。

"就是这里，就在这条小巷子里，他犯下了最后一场谋杀案……最恶劣的……一场名副其实的屠杀。"

赫斯特探长停下了脚步,转过身来,发出一声无力的怒吼。

当他们走进气氛欢快的小酒馆时,一股混杂着烟草和啤酒的味道扑面而来。他们不费吹灰之力就辨认出了约瑟夫·科斯闵斯基——他虽然身材矮小,但和斯坦利·科斯闵斯基长得确实很像。约瑟夫有着健壮有力的肩膀、浓密的黑色头发,一张方脸上刻着深深的皱纹,目光冷酷且不屑。他伏在吧台上,旁边还有一个他的朋友。两轮啤酒消除了彼此所有的疑虑。没过多久,两位侦探就和这位受害者的兄弟坐在了酒馆的一角。

约瑟夫·科斯闵斯基在斯皮塔菲尔德的市场工作,他和他的兄弟斯坦利·科斯闵斯基一直保持着密切的联系。斯坦利是他在英国唯一的亲人,他们几乎每周都要见面。他的死讯让约瑟夫既难过又惊讶,但约瑟夫并不知道凶手是谁。

"请相信我,如果我知道什么,我一定会第一时间告诉你们……但无论我怎么想,我都想不出有谁会对他怀恨在心。"

"您知道,"赫斯特探长直视着对方的眼睛,"您的兄弟在家里藏了一大笔现金吗?"

"所以凶手是为了劫财?"

"科斯闵斯基先生,请回答我的问题。"

"嗯……或多或少知道一些。他好像提过一嘴……"

"是多久以前的事?"

"大约两个星期前……"约瑟夫·科斯闵斯基突然警觉起

来,"你们该不会认为是我……"

"不,别担心。劫财似乎并不是凶手的犯罪动机,因为您兄弟的钱并没有丢失。不过,您能否再跟我们说说关于这笔钱的事?"

科斯闵斯基皱了皱浓密的眉毛,好像在回忆什么。

"有一天晚上他来找我,邀请我去餐厅吃饭,还说有人会为我们买单。'乔[1],今天我赚了一大笔钱,而且没费多大劲!'我问他是不是换了新工作,他回答说:'并不是……唉,我不能说!我不能透露太多……'他笑了笑,然后神神秘秘地说道:'这是一个不太光彩的故事……你知道得越少越好。'我没有继续问下去,斯坦利是个爱开玩笑的人,所以我不确定他是在跟我开玩笑还是确有其事。"

"我现在要问一个对您来说相当敏感的问题,希望您认真思考后再回答我。这笔巨款会不会是不义之财……比如,通过敲诈勒索得来的?"

一听到这个说法,约瑟夫·科斯闵斯基果然面露不悦,但在赫斯特探长的不断追问下,他最终承认:如果他兄弟确实拥有这笔钱,并且对钱的出处又讳莫如深,那么就不能完全排除这种说法,尽管他无法就这一点提供任何信息。

赫斯特探长又续了一杯啤酒,然后问道:"戈登·米勒爵士和

---

[1] 约瑟夫的昵称。

唐纳德·兰塞姆是您兄弟的朋友吗？"

约瑟夫毫不犹豫地回答道："是的。他曾经向我提起过他们……"

尽管赫斯特探长料到会得到这样一个肯定的答复，但他还是欣喜地张大了嘴巴。

"科斯闵斯基先生，您能不能……"他极其温和地继续说道，就像在对一个梦中的精灵说话一样，生怕将他惊走，"您能不能更准确地说明他们的关系？"

"嗯……我想他们不久前还经常见面，也许是为了讨论表演和魔术。据我所知，那两个人和斯坦利一样都喜欢恶作剧。您要知道，斯坦利很喜欢恶作剧。这已经刻在他的骨子里了。当然了，鉴于他的职业，这也很正常。我真的只知道这么多……"

"不久前？……这是不是就表示斯坦利最近没有和他们见面？"

"关于这一点，我可不敢保证。我只知道他有好几个星期没跟我说起他们了。"

"大约两个月？"

"是的，有可能……"

赫斯特探长深深吸了一口气，然后思索了片刻。

"两个月前，那就是9月初的时候。科斯闵斯基先生，请您试着回忆一下，在那段时期，您的兄弟有没有提到过一个戏法或恶作剧，诸如此类的，可能涉及戈登爵士和那个演员？"

就在这时，酒馆的服务员把酒端了过来。约瑟夫·科斯闵斯基立刻灌下了半杯啤酒，这似乎也唤醒了他的记忆。

"没错，"他眉头一皱，说道，"我依稀有点儿印象……但我不确定是否与戈登爵士和他的朋友有关。那是一个多月前的事，我去他家找他，他开了一瓶杜松子酒……这瓶酒……当晚几乎被我们喝完了。我们都没怎么说话。他坐在床上，似乎在自言自语。我还记得他当时说的话，因为那句话让我很好奇，大概是这样的：'没有痕迹……没有痕迹……没有血迹……本该有的。到底是怎么回事？'然后，我问他到底在苦恼什么，这反而让他从迷迷糊糊的状态中一下子清醒过来。他看起来很沮丧，回答说：'没什么，乔，没什么……一个恶作剧，只不过搞砸了。'"

# 20
## 夜访

### ①

赫斯特探长转动车钥匙发动引擎后,瞥了一眼手表。

"很好,现在是晚上8点30分。我们和兰塞姆约好了9点见面,离开酒馆之前我刚给他打过电话。"赫斯特探长停顿了一下,将车子在商业街掉了个头,继续说道,"我们可以趁这段时间来整理一下思路。我想我们没必要再去猜测那个神秘三人组——马库斯医生、罗斯医生和谢尔顿医生——的真实身份了。他们分别对应剧作家、演员以及那个擅长隐身术的魔术师……几乎可以确定这三人就是那场国瑞街闹剧的始作俑者。毫无疑问,科斯冈斯基扮演了谢尔顿医生的角色。你还记得吧,明登夫妇明确表示谢尔顿医生比另外两个人高很多。剩下的两名医生分别对应戈登爵士和兰塞姆，具体情况还有待查证。"

"我的朋友，恐怕你的思绪拐进了一个小误区。三个嫌疑人中有一个人无法扮演医生……行了，让我们暂时先把这个小细节放在一边。"

"你为什么这么说？"赫斯特探长毫不掩饰地质问道。

"我现在知道戴维·科恩是如何在走廊上凭空消失的了……正是基于这一点，我确信他们三人当中，有一个人是无法扮演医生的。阿奇博尔德，看着前面的路！你差点儿把车开到人行道上去了！"

"图威斯特，如果你现在不告诉我怎么……"

"我保证今晚会向你解释清楚。但请容我重申一遍，这只是整个案件中的一个小细节，还有很多地方尚不明晰。比如，那些神秘的话：'没有痕迹……没有血迹……本该有的……一个恶作剧，只不过搞砸了。'科斯闵斯基这样说，究竟想表达什么？这句话甚至自相矛盾：如果这是一个搞砸了的恶作剧，很可能是指科恩的死亡，这就意味着科恩是意外死亡的；那么，我实在不明白'没有血迹，本该有的'这句话又有什么含义，因为它显然暗示着有预谋的犯罪。"

"你为什么总在这些琐碎的事情上钻牛角尖？更别说这些含混不清的话只是我们从证人口中得知的二手信息了。戴维·科恩死于两处刀伤，这一点毋庸置疑。我不否认有以下这种可能性：科斯闵斯基最初以为自己参与的是一个恶作剧，另外两个人拉他入伙时也是这么说的；当然，只不过另外两个人还有一个非常明确的目的——除掉戴维·科恩。"

"你的推理很有道理，阿奇博尔德，至少从大方向上来说是这样。但恐怕事情没那么简单……"

"图威斯特，我永远也理解不了你的言外之意。"赫斯特探长疲惫地说着，"每当我们找到一条重要线索，你就会想尽办法否决它！在我看来，科斯闵斯基肯定勒索了戈登爵士或者兰塞姆，也可能同时勒索了这两个人，这一点十分明显，不是吗？我们在他家找到的那些钱，总不可能是圣诞老人给他的吧！"

"不久前，你还把彼得·摩尔当成敲诈者呢……"

"说不定斯坦利·科斯闵斯基和彼得·摩尔是一伙的呢？"

"阿奇博尔德，到头来我们总是面临同样的问题，或者说是面临同样的选择：要么是其中一个，要么是另一个，要么两个都是……谁干的这个？谁干的那个？要么是这个，要么是另一个……是谁袭击了科斯闵斯基？一个目击者说逃犯是金发，另一个说他是棕发。究竟是戈登爵士，还是唐纳德·兰塞姆？或者两人都是凶手，假设两位目击者的证词都正确的话。不行，这样并不能帮我们走出眼前的困境。在我们面前的是一张拼图，其中显然没有任何一块碎片能拼得起来，而且随着事件的发酵，碎片的数量还在不断增加。就拿彼得·摩尔和科斯闵斯基的这两起谋杀案来说——或者说是'假定'谋杀案，因为我们甚至无法给它们明确定性——根据我们之前的推测，袭击彼得·摩尔和科斯闵斯基的人分别是戈登爵士和兰塞姆。但从彼得·摩尔的叙述来看，我们完全有理由持相反的看法，认为以上两名嫌疑人设法将嫌疑嫁祸到了对方身上。换句话说，对他们其中任意一人不利的每一条线索、每一份证词，都可以反过来作为附加证据证明'他的'清白。在某种程度上，我们要进行的是反向调查……"看着前方雾蒙蒙的街道，图威斯特博士补充道，"阿奇博尔德，尽管地平线上似乎出现了一线曙光，但必须承认，我们仍要在泥潭中挣扎前行……"

②

不同于戈登爵士的会客室，唐纳德·兰塞姆的房间明显具有现代风格。他住在柯曾街上一栋漂亮的房子里。这栋房子建造于维多利亚时代，当年的第一批屋主绝对想象不到——甚至无法设想——这位演员的独特品位会给房子的室内布局带来什么样的改变。不过，眼下坐在客厅里的三个人显然都不在意屋内的装饰。

阿奇博尔德·赫斯特探长就像一台蒸汽压路机，毫不留情地质问着房子的主人：

"……兰塞姆先生，我们重新确认一下：昨晚11点左右，斯坦利·科斯闵斯基在盖伊·威廉姆斯家附近遭到暴力袭击，而您无法证实您在那段时间的行程。基于我们昨晚向您解释过的原因，我们严重怀疑此人与戴维·科恩被杀一案有关，而您似乎也牵涉其中。有人看到了袭击科斯闵斯基的人。目击者对那人的描述与您的外貌极为相似：中等身材，金色头发，穿着深色西装……就像您昨晚穿的那套。"

赫斯特探长俯身将雪茄的烟灰抖落到玻璃桌上的烟灰缸中，继续说道：

"此外，上个星期三有人前来告诉我们，您有一半的可能性会在近期实施一场谋杀。您要明白，我们有足够的证据把您送上法庭。"

这位演员仰头大笑起来。他下意识地捋了捋自己的金发，然后把精致的黑色天鹅绒晚宴外套的两襟往胸前拢了拢。他灰绿色的眼睛里透露出带着讥讽的镇定。

"探长先生，请允许我对此表示怀疑。显然，您还是坚信那场荒谬的决斗……而您的主要推论都基于一个荒诞无稽的故事——正常人根本不会相信的故事。您提到了这段奇闻中的一个小细节：我的朋友随手拿起了一个用于装饰客厅的小玩偶。仅凭这个动作，您就推断出我们与戴维·科恩谋杀案有关。至于科斯闵斯基遭到袭击的那个案子……探长先生，我有一个问题：在伦敦有多少人符合您的证人所描述的外貌特征，并且在案发时没有不在场证明？……这个问题留给您自己去琢磨。最后，您似乎还想以谋杀罪指控某人，但科斯闵斯基实际上死于车祸，我们真能将他的遭遇归为被谋杀吗？对于凶手罪行的指控应该基于正式的证据，但现在显然没有证据。那么，接下去还有什么要说的？似乎没有什么了……"

唐纳德·兰塞姆笑着说完这番话，但他的笑容很快凝固了，因为图威斯特博士开口问道："兰塞姆先生，您和福里斯特小姐交往多久了？"

演员冷冷地回答道："我不明白您为什么对这个感兴趣。"

"您是在拒绝回答我们的问题吗？您要知道，我通常不会干涉他人的私生活，但在这起案件中，这一点似乎十分关键。当然，我们没有强迫您——"

"好吧。"唐纳德·兰塞姆傲慢地打断了博士的话，"我们已经交往几周了。您还需要我解释更多吗？"

"简言之，"图威斯特博士平静地叙述道，"就在戴维·科恩死后……"

唐纳德·兰塞姆在扶手椅里坐直了身子，满脸通红。

"您想暗示什么？"

图威斯特博士盯着他看了良久才回答道："我相信您是一个聪明人，能明白我的意思。好吧，既然这个话题并没有引起您的兴趣，我们暂且不谈了。不过，我仍旧希望您能告诉我们一些关于您未婚妻的情况。我先解释一下，如您所知，昨晚我们有幸和福里斯特小姐交谈过。她是一个年轻的姑娘……"

"您是在暗示我们之间的年龄差吗？"演员冷冷地问道。

"当然不是，兰塞姆先生。我绝不允许自己说话含沙射影——这种做法在我看来狭隘且愚蠢；我更不会在如此敏感的话题上对别人评头论足……"图威斯特博士双颊绯红,"所以说……等等,我们到底在谈论什么?对了,关于福里斯特小姐……在我看来,她并不开心……当然,她的继父刚刚开枪打死了一个窃贼,她也不可能笑脸迎人。但是,我感觉她的内心深处……就像在遭受一种隐秘的折磨,让她无法像她这个年纪的人那样展现出该有的热情与活力。"

"也许吧。"唐纳德·兰塞姆若有所思地凝视着前方。

"兰塞姆先生,福里斯特小姐刚到英国定居的时候,您就已经认识她了。她在英国待了两年,然后去了美国一段时间,后来又回来了。我想问您的是:她从美国回来后,您认为她有什么明显的变化?"

演员点燃一支香烟,久久不语,然后说道:

"图威斯特先生,请允许我提醒您一下,她的母亲去世的时候,她恰恰远在美国……"又是一阵沉默,兰塞姆凝视着客厅里厚厚的地毯,然后他抬起头,"是的,先生们,这场悲剧让希拉很伤心。哦!她从来没有跟我提过这件事,我也尽量避免唤醒她这段痛苦的记忆。可以肯定的是,安娜的死对她来说是一个巨大的打击。另外,她的行为也证明了我说的话:她当时本该立马回家的……但她又多留了几个月。"

"好的,兰塞姆先生。"赫斯特探长插了进来,显然急于转换话题,"既然这一点已经澄清了,我们还是说回其他更令人担忧的问题吧……特别是不在场证明。首先,您还坚持您原来的说法吗?"

"您更希望我撒谎吗?如果真是这样,请告诉我哪一种……我不介意编造一个让您满意的故事。"

"兰塞姆先生,"赫斯特探长笑着说道,摆出一副能够容忍各种玩笑话的样子,"我刚才使用了'不在场证明'这个词,但是您要知道,这个说法其实并不恰当。您连您的'仰慕者'的名字都记不清楚,更别提她的姓氏了,您甚至不能大致概括她的外貌,不知道她来自哪里……总之,您对她一无所知。一个陌生人打电话向您索要签名,您去见了她,然后再返回舞会。无论是您,还是其他任何人,恐怕都找不到那个陌生人。这就是您的'不在场证明'?对于一场谋杀案来说,您不觉得这有点儿单薄吗?另外,我认为那场会面根本用不了二十分钟。当然,我知道您接下来会如何应答——那位年轻女士搂着您的脖子索吻,而您根本无法脱身,等等。所以,我最后再问您一次,您还坚持您原来的说法吗?"

演员像是被逗乐了一样,或许是因为赫斯特探长的用词、他的语气,抑或是他整个人的形象。总之,兰塞姆的脸上再次浮现出那种愚弄、略带不屑的笑容。

"探长先生,"兰塞姆说,"看来您还执着于那个关于决斗的故事……不过,请允许我向您澄清:如果那场决斗真的存在,被怀疑的也不该是我,而应是我的朋友戈登,是他试图杀死科斯闵斯基,并且把嫌疑嫁祸给我。所以,您应该去审问他,去推翻他的不在场证明……去证明不是他枪杀了他的秘书，而是一个同谋干的……顺便问一句，您今晚打算再次拜访他吗？"

赫斯特探长瞥了一眼墙上的挂钟，时针指向9点半。

"我想我们会在明天去拜访他。"赫斯特探长犹豫着开口说。

"明天！"唐纳德·兰塞姆惊讶地说，"考虑到最近发生的这些事，我相信戈登一定在等着您上门……是的，他已经知道有人试图谋杀科斯闵斯基的事了，我通知了他。您今晚不去的话……他可能会忧心不已，甚至彻夜无眠。请等一等，我给他打个电话。"

唐纳德·兰塞姆一边说着这些话，一边起身走到电话机旁，拨通了他朋友的号码。他和戈登爵士交谈了几句，然后就挂断了电话。

"先生们，戈登说他很愿意为你们效劳，你们今晚就可以去找他。"

"兰塞姆先生，感谢您的好意，"赫斯特探长压着嗓子说道，"您如此费心地帮助我们推进调查。但请允许我提醒您一下，我们现在不是在剧院里……希望您能明白我的意思。好吧，剩下的就是祝您晚安了……顺便说一句，我们在科斯闵斯基先生的房间里找到了大概200英镑的现金，我有和您提过这一点吗？这对他来说肯定是一大笔钱，对吗？我无法想象他靠自己能存下这么多钱……我们见过他的兄弟，他兄弟跟我们的想法一样……"

赫斯特不慌不忙地走到衣帽架前，取下自己的帽子，转身时瞥了兰塞姆一眼："至少一开始,他兄弟是这么认为的……因为稍后他就提出了一个有趣的猜想,我正好想听听您对此的看法:他认为斯坦利·科斯冈斯基靠着敲诈某人获利。"

赫斯特探长做出戴帽子的手势,但他又改变了主意,转而忧虑地问道:

"如果真是这样,谁会是他敲诈的对象?会是谁呢?兰塞姆先生,您知道吗?"

兰塞姆依旧不动声色,只有他嘴上叼着的香烟冒出的缕缕青烟模糊了他的视线。

赫斯特探长皱了皱眉头,像是突然想到了什么。然后,他的脸上绽放出一个笑容,他慢慢转向唐纳德·兰塞姆。

"但是,我忽然想到……我还没问您,您是否认识斯坦利·科斯冈斯基先生?"

## ③

戈登爵士的钢球在他手中有规律地、急促地碰撞在一起。咔嗒一声,他将钢球收拢在手心,然后回答了探长刚才提出的问题。

"是的,斯坦利·科斯冈斯基是我的熟人。当然,我一般不和这种阶层的人来往,但他,科斯冈斯基,是个非常有趣的人。在变魔术方面,他是行家。正是因为这一点,我们才会偶尔见面。但我很难向您透露更多有关他私生活的细节……因为我们所有的谈话都围绕魔术和舞台展开，都是关于表演这类的。关于科斯闵斯基，我知道的只有这么多。此外，我也有好几个星期没见过他了……"

赫斯特探长用铅笔尖轻轻敲着笔记本。

"戈登爵士，奇怪的是，关于斯坦利·科斯闵斯基的情况，您朋友的说法和您的几乎如出一辙，看来……算了，先不提这个。我们刚刚向您讲述了他死亡的经过，您有什么想法吗？"

戈登爵士手中的钢球再次发出轻微碰撞的声响。

"他的死令人惋惜，真的很令人惋惜……"

剧作家的脸上刻着倦怠的皱纹，他的头发凌乱，看起来似乎比前一天更加烦躁不安。他试图保持镇静，却总给人一种焦虑且恼怒的印象。

"您还有别的想法吗？"赫斯特探长追问道。

"您想让我说什么？"戈登爵士气恼地说道，"说……唐纳德·兰塞姆和我一起策划了这场谋杀？"

"我们之前对您的朋友问了同样的话：您的秘书跑来告诉我们，你们当中的一个人会实施一场谋杀……然后我们手头上就有了两场谋杀案。"

"没错！"戈登爵士一边大声说道，一边竖起了一根食指，"多了一场谋杀案！这就是最好的证明，证明那个关于决斗的荒唐故事是假的！彻底的假话！"

"说起那个所谓的故事,"图威斯特博士温和地说道,"您能不能给我们解释一下?"

"抱歉……我真的不知道。"

剧作家垂下了目光,他的语气听起来并不能令人信服。

图威斯特博士想了想,然后说道:

"戈登爵士,请允许我对您的回答表示怀疑。我只见过彼得·摩尔一次,但我想那次会面足以让我了解他的为人。我见过太多骗子和罪犯,所以知道他们有多擅长隐藏真面目。彼得·摩尔或许是一个不诚实的人、一个窃贼或者其他什么的,我不否认这种可能性;但我并不相信他能编造出这样一个出人意料、错综复杂的故事。实际上,我认为能编出这个故事的人屈指可数……在我的认知中,只有两个人能做到:唐纳德·兰塞姆和戈登爵士您自己。"

"图威斯特博士……您……爱怎么想就怎么想吧。"剧作家结结巴巴地回答说,同时有意避开博士的目光。

"如您所知,这个故事让人想起了您妻子的溺水事件。我们对此已经做了一些调查,而且……"

"你们在暗示是我谋杀了安娜,对吗?"房主怒喝道。

"不,请别担心。相反,我们有理由认为她有自杀的可能性。"

戈登爵士站了起来,走到了房间的中央。他抬起胳膊做了个手势,指了指房间里的武器和面具藏品。

"就像那位牧羊人'杰克先生'一样，您也想声称，是这个房子、这里的环境，甚至是我这个人，让她陷入如此痛苦的境地，只能通过自杀来解脱吗？"

"我并没有说过这样的话。"图威斯特博士回答道，"我只是想问您一个问题：您妻子当时的行为是否符合自杀的假设？"

戈登·米勒爵士回到原位，然后坐进了扶手椅里。

"嗯，她当时的精神状态确实不太好。"戈登爵士承认说，语气里满是遗憾，"她只是累了，倦了，仅此而已。每个人在某个时刻都可能陷入这种状态。"

"那么，是什么原因让她陷入了这种状态呢？"

戈登爵士的回答像挥鞭子一样干脆利落："没有，没有任何原因。"

房间里一片寂静，但没一会儿就被戈登爵士手中的钢球有规律的叮当碰撞声打破了。图威斯特博士盯着戈登爵士手上的动作出了神，心想：真是奇怪的表演！

钢球转动的声音戛然而止。

"说真的，图威斯特博士，我不明白您问这个问题的用意是什么。您手上还有一场谋杀未遂案要调查，而且——"

"很好。"图威斯特博士一反常态地直接打断道，"关于那场袭击案的动机，也许您能给我们一些建议。您看，戈登爵士，对于您这样一位富有想象力的剧作家来说，给我们一点儿提示应该是小事一桩吧？"

这个问题似乎出乎剧作家的意料,他考虑了好一会儿才回答道:"我不知道……或许是复仇、了结恩怨、争夺女人、偷窃……"

"偷窃?您提出这种猜测,是有什么特别的理由吗?"

"没有,我只是随口一说。"

"真是奇怪,因为我们恰好在案发现场找到了一大笔现金。科斯闵斯基将这笔钱藏在了衣柜上面,大约有200英镑。您知道的,对于科斯闵斯基来说,这可不是一笔小数目……"

戈登爵士皱了皱眉,点头表示赞同。

"是的,这的确很奇怪……这么大一笔钱,他都没存进银行。这真的很奇怪。"

赫斯特探长用一种温和的语气加入了对话:"我们认为科斯闵斯基或许敲诈了某个人……您对此有什么想法?"

"敲诈了某个人?"剧作家放下手中的钢球,一脸惊讶,"可……可会是谁呢?"

赫斯特博士漫不经心地盯着自己的指甲。

"一个叫科斯闵斯基的人涉嫌杀害了您女儿的前男友,我们已经解释过原因了。假设这个人就是我们要找的人,假设他的同谋告诉他事情已经了结了,那么他有可能会觉得自己的守口如瓶值得换来一些补偿。您明白我在说什么吗?"

戈登·米勒爵士脸上的肌肉一阵抽动,他结结巴巴地说:

"不,我完全不明白您的意思……不明白,真的不明白。"

# 第四部分

终结的开始

# 21
## 有话要说的死者

11月的第二个星期

"……我就料到会出现这种情况。"图威斯特博士对着电话严肃地说,"您是从哪儿得到这些信息的?"

"李医生告诉我的。他曾是戈登爵士的主治医生。"听筒里传来布里格斯警官刺啦刺啦的声音,"好在我认识李医生,真是走运!要不然,您知道的,他怎么会……"

"您说自己走运?得了,布里格斯,别低估了自己的洞察力!您竟能想到找这位医生了解情况!反正我是绝对想不到的。另外,关于我请您核实的那些日期,您有确切的结果了吗?"

图威斯特博士仔细听着布里格斯的叙述,随后向对方表示感谢并挂断了电话。他在电话机旁站了很久,神情凝重。然后,他走到了窗前,脸上还是刚才那副神色。此时已接近下午5点,街道上传来隐约的嘈杂声，路灯接连亮了起来。双尸惨案已经过去将近一周了，但围绕彼得·摩尔和斯坦利·科斯闵斯基神秘死亡事件的阴霾还没有散去。

毫无疑问，布里格斯警官刚刚提供的线索让图威斯特博士深感不安，以至于当5点的钟声响起时，他甚至不想喝下午茶。他似乎全神贯注于伦敦交通动脉线上那些来来往往的车辆，但那凝重的眼神却透露出他的内心涌动着更加沉重的情绪。随着时间的流逝，博士的脸色越发阴沉。虽然还有很多问题没有得到解答，但他已经在脑海中清晰地推演出了引导罪犯下手的真正动机。从一开始，他就在这起案件中嗅到了一种病态、阴险的气息，甚至做了最坏的设想……但直到现在，他才意识到真相远比他设想的糟糕。

到了晚上6点，突然响起的大门铃声让图威斯特博士从沉思中回过神来。

片刻之后，他和赫斯特探长一起坐在了壁炉边。探长直截了当地切入正题。

"没进展，依旧毫无进展……现在我们知道戴维·科恩是如何在走廊中消失的，又是如何在垃圾桶里重现的，也或多或少猜到了谁是幕后黑手。但接下来，我们就走进死胡同了，真让人绝望！我们一如既往地瘫坐在扶手椅里，束手无策，陷入种种无谓的猜测中，甚至一次比一次离谱！看看我们在这些毫无结果的思考中耗费了多少时间！这个该死的谜案甚至让我夜夜难眠！"

"如果能让你感到安慰的话，你要知道，我在过去几天里也没怎么合眼。不过，我完全赞同你的看法：我们一直都在用错误的角度——数学的角度——看待问题；我们完全照搬了我不久前指出的错误方法……而且，我们太过沉迷于这种组合罪犯的把戏，反而忽略了最重要的因素——人的因素。"

图威斯特博士感到一阵懊恼。他停住话头，伤感地摇了摇头。

"一个新的假设？"赫斯特探长疑惑地皱起了眉头，但图威斯特博士沉默不语，"图威斯特，我感觉你有事瞒着我……"

"确实。布里格斯刚才和我通了电话。我曾请他核实一些信息……"

赫斯特探长的脸色涨红了。

"啊！真是干得漂亮！"探长勃然大怒，"你竟然背着我私自调查！而那个家伙也乐得参与其中！每次都是如此，你一查到重要线索，我就不值得信任了！布里格斯明明是我的同事，却和你一起暗中调查。他每天早上若无其事地跟我打招呼，脸上还挂着假笑……这个布里格斯，真会伪装……要不是考虑到他的年纪，我早就让他滚蛋了！见鬼，我为什么不去告诉他的上司，说他手下的某位警官正在滥用纳税人的钱进行私人调查……"

"冷静些，我的朋友，冷静。你和我一样清楚，如果没有布里格斯的专业能力和不辞辛苦的调查，很多案子都不可能大白于天下，你也不可能像现在这样赫赫有名。你也许没有意识到，其实你的名气早已跨越了国界……今年夏天我去了趟巴黎，你的大名在那边的警察中无人不晓,他们称你为'专破不可能犯罪的侦探',也有人说是'解释奇迹的人'。"

"你说得太夸张了。"探长回应道,同时随意地抬手将一绺碎发抚回原处。他红润的脸上已经不见一丝怒气。

"好的,说回布里格斯。我请他收集一些有关希拉小姐私生活的信息,更具体地说,是她去美国前那段时期的情况。你也知道,我对此很感兴趣。布里格斯有很高的职业敏感度,他找到了曾给希拉小姐治病的李医生——他不仅是布里格斯的朋友,还是戈登爵士的密友。李医生告诉他,当时希拉小姐已经有了三个月的身孕。在确诊后的一两个小时内,李医生与戈登爵士和他的妻子进行了交谈。谈话中,米勒夫妇问李医生——作为朋友——是否愿意将他们的女儿从痛苦中'解救'出来,同时明确表示,他对此事的沉默和帮助将会得到丰厚的回报。李医生断然拒绝了这个提议,并请他们认真考虑这件事:希拉当时只有17岁,为什么不去找她腹中孩子的父亲以及他的父母,双方一起商讨解决办法?米勒夫妇回答说,为了女儿的未来,这样的解决办法并不可取。不久后,希拉就离开了英国……"

"去一个隐蔽的地方流产,并且让她暂时远离自己的男友。"赫斯特探长替图威斯特博士说完了这句话,"那么,谁是孩子的父亲呢?"

"李医生并不知道,但他猜测应该是一个出身贫寒的男孩。不管怎么说,他从米勒夫妇的态度可以看出,他们并不希望那个人成为他们的女婿。"

赫斯特探长摸了摸自己的下巴。

"如果我没有理解错,你认为这件事和我们的案子有关……"

"是的,我是这么认为的。不管怎么说,这也解释了希拉小姐的行为……至少给出了一部分解释。"图威斯特博士沉默了一会儿,然后说道,"亲爱的阿奇博尔德,我得请你耐心一些。这场戏已临近尾声,我向你保证,你会了解到每一个细节——至少是和人的因素相关的所有细节,因为眼下还存在很多疑点。布里格斯还告诉了我一些其他的'小事'……唉!这些小事证实了我最担心的情况。请注意,我并没有十足的把握,可一旦将这些小事联系起来,就会让人产生疑虑。阿奇博尔德,这就是最糟糕的地方。这场阴谋的始作俑者绝对不值得同情,但在极端情况下,我们或许能找出一些可以减轻其罪行的情节……除非真的存在某种极端情况,否则这个凶手绝对不可原谅,而且卑鄙至极。他已经接连犯下好几桩罪行,但他最恶毒的罪行并不是你现在以为的那样。那桩罪行令我对他深恶痛绝、心生厌恶,你根本无法想象我有多么愤怒!凭良心说,在我这一生中,我从未遇到过如此肮脏丑陋的事情。正因如此,阿奇博尔德,我现在宁可对这些事闭口不谈,否则你一定会和我一样愤怒、一样暴躁。一旦你的反应在凶手的面前暴露,他很可能有所警觉,从而逍遥法外。因为,如你所见,我们现在根本无法用'实质性的'证据揭穿他——他太聪明了,没留下任何证据。"

图威斯特博士继续说道:"现在,请你说说我委托你做的调查有什么结果吧——关于我们的那位单身汉和那位鳏夫的私生活。"

赫斯特表现出了明显的不满——他从未像此刻这样想要扭断他朋友的脖子——但他还是屈服了。

"我们先从戈登爵士说起……自从他的妻子去世之后,他就没有和别的女人有过认真的交往,更没有发展什么露水情缘。有人说他招过娼妓……但都无法证实。

"而唐纳德·兰塞姆和他正相反。至少在他和他朋友的女儿交往之前,他是个声名狼藉的花花公子,有很多情妇,而且都很年轻……"

"都很年轻。"图威斯特博士望着远方,喃喃道,"很奇怪……上个星期天,当我们提到他和希拉小姐的年龄差时,他曾气恼地指控我们意有所指,你还记得吗?在我看来,这一点很关键。他的确是一个很有魅力的男人,虽然已经四十多岁了,看起来却很年轻。但他毕竟不是二十多岁的人。你有没有注意到他那敏捷的动作、柔软而坚定的步态,还有他那爽朗的笑声?这些举动也许都是下意识的,但他显然在努力让自己看起来像年轻人一样充满活力和朝气……有点儿像那些不愿承认自己老去的人,为自己创造出一个虚幻的世界。甚至连他的公寓……"

"你到底想说什么?"赫斯特探长困惑地问道。

在夹鼻眼镜的后面,图威斯特博士的瞳孔收缩了起来。

"当帷幕落下、幻觉消失时,回归现实的那一刻可能会非常危险。我到底在说什么？没有别的意思，我只是在思考。不过，说到性格和品行，你对那个演员和他的朋友有什么看法？或者说，你对他们近期的行为有什么看法？"

"至少戈登爵士看起来很不安。当然，他努力表现得很镇定，摆出一副无辜的样子，但你能感觉到他的紧张和焦虑……你注意到他转动钢球的动作了吗？我想他已经承受不住，即将坦白一切了。唐纳德·兰塞姆也已经失了风度。他先前多多少少还能稳住心神……直到我问他是否认识科斯冈斯基。在这之后，他就像一个陷入困境的人，试图通过徒劳的咆哮和口头上的攻击，甚至傲慢无礼的态度来为自己脱困；总之，他那天的表现实在有辱他的声名。和他的朋友一样，他似乎也心事重重，就好像有什么意料之外的事情挡了他们的路……不过，这两个狡猾的家伙还在硬撑。如果我们在接下去的几天里还是找不到任何线索，我担心他们会全身而退。我们现在要做的，就是趁热打铁。"

"挡了他们的路……意料之外的事情。"图威斯特博士若有所思地重复着，"阿奇博尔德，你说到点子上了。如果……"

博士突然举起了手，似乎在请探长保持安静。然后，他站了起来，在壁炉前来回踱步。过了一会儿，他的脸色转晴。

"你说得没错。我们必须马上采取行动，而且动作越快越好。"

"等等，我的天，我们要做什么？"

"阿奇博尔德，你很了解我，也知道我向来只用光明磊落的手段对付敌手。但这一次，我要破例了。我要攻击敌人最薄弱的地方，也就是希拉·福里斯特。我几乎敢保证，她会坦白的。你明智的见解再一次启发了我：'意料之外的事情'，的确有一件事情破坏了凶手精心布下的陷阱！你难道还不明白吗？就是那起救护车事故——科斯闵斯基的死亡，这并不在凶手的计划之内！"

有那么一会儿，赫斯特探长对他朋友的精神状态产生了怀疑。

"可是……袭击者也确实是想要杀死他，不是吗？"他犹疑地提出了异议。

"并非如此。袭击者原本的打算就是留下活口。仔细一想，我发现我们目前所做的事正是凶手所期望的。然而，我们必须按照他为我们设定的轨道走下去。不过，凶手并不知道我已经看穿了他的邪恶阴谋。面对这样一个计谋，即使是我这样的犯罪学家也不得不向他弯腰致敬。我一生中还从未遇到过如此不择手段、如此错综复杂、如此曲折离奇、如此罪大恶极的阴谋诡计——一而再，再而三地牵着我们的鼻子走。现在，我可以告诉你，我们正在和一个各方面都已经扭曲了的怪物交手。就是他，也只有他，谋杀了戴维·科恩，谋杀了彼得·摩尔，并且袭击了斯坦利·科斯闵斯基。更不用说，他正在酝酿下一起罪案，还有另一桩已经犯下的罪行——也许是他所有的罪行中最邪恶可怕的一桩。"

第七重解答

# 22
## "游戏与谋杀"之夜

接下来的星期天晚上,戈登爵士再次接待了赫斯特探长和他的朋友图威斯特博士。在场的还有唐纳德·兰塞姆。在图威斯特博士的倡导下,几人一起举办了这场犯罪学领域专业人士的小型会面,博士还坚持将这次聚会命名为"游戏与谋杀"。希拉·福里斯特并没有参加这次聚会,她下午就离开伦敦,去了德文郡的朋友家小住。四个人舒适地坐在扶手椅里,旁边壁炉里的炉火噼啪作响。戈登爵士拿出了他最好的威士忌。"一瓶上等佳酿。"戈登爵士开玩笑说,"感谢我的朋友'牧羊人杰克'把它送给了我。"酒杯中,琥珀色的琼浆映射着火光,而这光芒也同样跃动在三双闪烁着热切期望的眼睛里,以及图威斯特博士的夹鼻眼镜镜片上。博士沉着豁达,似乎沉浸在美妙的遐想中。兰塞姆靠在椅背上,两腿交叉,摆出一副他在过去一个星期里从未有过的放松姿态，他的右手总是不停摆弄着脖子上随意系着的丝巾。男主人的动作更加缓慢从容，但他那炙热的眼神足以表明他内心的焦躁。

至于赫斯特探长，他完全处在一种兴奋的状态。前一晚，赫斯特探长还在自己的公寓里焦躁不安地转着圈，等着图威斯特博士回来。在此之前几小时，探长和博士在牛津街上的一家电影院门口作别，他们了解到希拉·福里斯特小姐每周六下午都会去那儿看电影。赫斯特探长在客厅里不知疲倦地来回踱步，一根接一根地抽着雪茄，脑海中始终无法抹去他朋友的形象——图威斯特博士穿着他从未穿过的新潮艳丽的运动夹克，混在电影院外聚集的人群中，寻找着年轻的福里斯特小姐，就像年轻的男主角在等待心上人一样。临近晚上11点，图威斯特博士才来到赫斯特的公寓。等到他在午夜时分离开时，赫斯特探长已经处于几近发狂的状态。他的脑海里再次回忆起那场谈话的片段。

"……多么奇妙的一天，阿奇博尔德，这绝对是奇妙的一天！多么特别的女孩！女性总是能给我带来惊喜……我还以为她呆板无趣、毫无生气！真是大错特错！她为人敏感而深刻，但也多愁善感，我们从未有幸得见这样的人！世上少有的妙人儿。"

"图威斯特，她到底跟你说了些什么？……"

"我们谈了很多，当然，都是我以前不知道的。她是那么细腻，那么敏感，那么单纯……我向你发誓，我的朋友，如果我再年轻三十岁，我一定会努力赢得她的芳心。"

"看在上帝的分儿上，你能告诉我她对你说了什么吗？你怎么花了这么长的时间？"

"看完电影后，我们去布瑞塔尼亚酒吧喝了一杯，直到……好吧，我不能告诉你更多了。然后，我们就散了一会儿步，我邀请她吃了晚餐，接着又继续散步……多么美好的夜晚，阿奇博尔德，我永远都不会忘记这个夜晚！要是你用心去了解她，要是你能想象到蕴藏在她那纤柔身躯下的一切美好……"

赫斯特探长足足花了半小时才将他的朋友拉回现实。

"我现在几乎知道了所有的真相。"图威斯特博士宣称道，同时他的脸色突然阴沉了下来，"她几乎告诉了我所有我想知道的事情。我没有费太多心思，你知道……并且我为自己欺骗她而感到羞愧。我扮演的角色太不光彩了！不行，阿奇博尔德，我暂时只能跟你说这些了！请你相信我，明天晚上……我打算举办一个小小的聚会。戈登爵士'巢穴'里的特殊氛围在我看来十分契合这次聚会……他肯定不会拒绝的。我们即将揭晓'第七重解答'。虽然还有一些细节尚未明晰，但我决心从两个嫌疑人的嘴里把它们套出来。你也知道，在福里斯特小姐向我倾诉这些事情之前，我就已经知道了这出戏的大致情节。即使没有她的证词，我也能达到我的目的。不过，我现在能够准确地说出某些人8月底在国瑞街所做的事，而这很可能会让戈登爵士和唐纳德·兰塞姆大吃一惊。这些信息促使我做出了不同寻常的推理，一项称得上奇迹的分析科学……这一次，由我来做预言家……我会稍稍做一点儿手脚,而且绝不会有丝毫愧疚!"

书房内,房子的主人从口袋里掏出了他的钢球,然后开启了辩论:"图威斯特博士,您之前跟我说要举办一场关于'游戏与谋杀'的聚会。我想这与最近发生的事件有关,对吗?"

"我想,"唐纳德·兰塞姆用探究且带有嘲讽的目光看着图威斯特博士,"不把整件事查个水落石出,您今晚是断然不会离开的……"

"好吧,想要查个水落石出,也不是没有可能,"图威斯特博士回答道,"但那需要你们每个人都拿出一定的善意和真诚,并且遵守游戏规则……即使涉及谋杀。当大家处在对峙状态时,仍要怀着那种特殊的敬意和那种荣誉感——就像彼得·摩尔的故事中的那两位主人公一样……"说到这里,其他人都笑了笑作为回应。图威斯特博士接着说道:"通常,在这种情况下,我会把最令人费解的谜团留到最后来解释,而在这个故事中,毫无疑问,就是指戴维·科恩在通往自己房间的走廊里消失的神秘事件。当然,这里不存在什么谜团,因为我们都知道真相是什么,而且……这是一个小把戏。显然,是非常聪明的小把戏!但我会向你们展示,基于纯理性的推理,我们会得出一种——并且仅有这么一种——解答。

"以防有人记性不好,我简要回顾一下那场悲剧的情形。马库斯医生以确认身份为借口,要求明登夫妇最后看一眼他们的房客——我就从这一部分开始讲起。当时的戴维·科恩因'疾病'

而痛苦不已，正躺在由两位瘟疫医生抬着的担架上。随后，马库斯医生和明登夫妇离开房间，进入走廊，一直走到尽头。他们在明登夫妇的房间门口聊了一会儿，然后马库斯医生示意抬担架的人过来。两位瘟疫医生抬着担架走到走廊的中段时乱作一团，担架上的科恩也凭空消失了。请注意，当时的场景十分昏暗，唯一的光源来自科恩的房间。因此，在运送担架时，病人很可能已经不在担架上了。无论是哪种情况，他就是凭空消失了。明登夫妇的证词——当然，也是唯一可信的证词——明确表示：没有人能够从走廊逃走，也就是说，没有人能够从他们的身旁偷偷溜走而不被发现。

"随之而来的谜团就是：戴维·科恩要么在他的房间里消失了，要么在担架经过的那段走廊里消失了。墙壁、天花板、地板、装有铁栅栏的唯一一扇窗户都被仔细地搜查过，但都一无所获。没有任何出口，房间里也不可能有藏身之处。那么戴维·科恩去哪里了？如果我们假设戴维·科恩和其中一名瘟疫医生互换了装束，那么新的问题又出现了：那个换了装束的瘟疫医生去哪里了？

"起初是三个人，最后变成两个人……如果从理性的角度思考，我们不可能承认一个生命体——无论是什么生命体——会凭空消失。那么，我们不得不重新考虑这个问题的前提条件：在戴维·科恩的房间里，当时真的有三个人吗？

"戴维·科恩当时躺在担架上扭动不止……而谢尔顿医生不

耐烦地叹着气……考虑到他的身高,我们相当确定谢尔顿医生就是斯坦利·科斯闵斯基。然后是罗斯医生,他站在担架的前面,从头到尾一言不发。他唯一的动作就是轻微的晃动,似乎在努力稳住因病人的扭动而失衡的担架。"

图威斯特博士停顿了一下,用探究的目光扫过依旧沉默的听众。

"这种轻微的晃动很可能是谢尔顿医生通过来回摇晃担架造成的。因此,完全没有证据能够证明罗斯医生是有血有肉的活人。更出人意料的是,这位神秘人物全身被包裹得严严实实,除了眼睛,没露出一寸皮肤,甚至连他的双手也戴着厚厚的手套。他身材矮壮,穿着一件垂至脚面的大衣,翻起的衣领掩着一个大大的纸质面具,小斗篷勉强遮住腰部。假设这只是一个中空的人体模型,就像梅尔策尔的那个国际象棋棋手一样——顺便说一句,戈登爵士,您完美复制了这个模型……假设揭开罗斯医生的斗篷,我们会在他的背部看见一个开口,足够让一个活人钻进去操控我们的'空心人';假设这个活人就是戴维·科恩,当明登夫妇和马库斯医生走向走廊的另一头时,他趁机钻进了'空心人'。这个举动应该用不了一分钟,再加上他是在罗斯医生的'背后'进行的,证人们根本看不见。先生们,我还需要继续说下去吗?"

唐纳德·兰塞姆看了看戈登爵士,眼神中流露出询问和嘲弄。

戈登爵士极其严肃地说道:"好吧,这个解释很合理。那么,安排那场假面活动的目的是什么……图威斯特博士，您能否也为我们解答一下？"

"当然。"图威斯特博士一边回答，一边轻咳了几下，"不过，我现在觉得有些口渴……"

"需要我为您倒一杯吗？"戈登爵士急忙问道，就像是他这个主人招待不周。

"不……也好。我说了太多话，喉咙有些干涩，请您谅解……好的，我来回答您的问题，因为马上就轮到你们发言了。先生们，还记得我们的……游戏规则吧……"

戈登爵士和唐纳德·兰塞姆点头示意，看起来一脸和善。

"考虑一下现实情况，只关注事实。"图威斯特博士说，他并拢指尖，身体再次躺回扶手椅里，"正如我们刚才所提到的，能解释消失之谜的关键在于戴维·科恩能配合行动——他就是谢尔顿医生和马库斯医生的同谋。所以，这个恶作剧针对的不是戴维·科恩，而是明登夫妇。我们先来关注一下这对夫妇，以及这场恶作剧对他们产生的影响。"

图威斯特博士接着说："我们至少可以确定，明登夫妇都是非常节俭的人。他们出租的房间破烂不堪，维护不善。爱德华·沃特金斯巡警告诉我们，明登夫妇的公寓没有暖气，或者说只开了一点点，这一点后来也得到了证实。实际上，唯一能让他们对房客之死感到痛惜的是：对方拖欠的三个月房租彻底收不回来了。马库斯医生在与他们交谈时，曾指出了房子的破旧状态，并且明确表示，如果有房客感染了瘟疫，他们肯定要担责。我们暂且代入一下明登夫妇当时面临的情形：他们以为自己的房子被瘟疫侵袭，眼看着面前的房客奄奄一息，不仅眼睑发黑，脸上还长满脓包；两个瘟疫医生看起来阴森恐怖；马库斯医生告诉他们，如果他们'此前'就感染了瘟疫，那么药丸、醋和香料包就起不了作用；等到三个医生离开后，他们只能在房子里独自等待……而那个突然消失的瘟疫患者很可能并没走远，而且随时会再次出现。谁会大费周章地设计一出这样的恶作剧来吓唬这对夫妇，而且还强调他们的吝啬可能会带来灾难？答案显而易见，就是他们的某一位房客……而这个人就是戴维·科恩。

"戈登爵士，当时戴维·科恩经常和福里斯特小姐约会，偶尔也会去拜访您。根据您之前的说法，也是在那段时间里，您有时会和科斯冈斯基见面。让我们设想一下，也许在某个晚上，就像今晚这样，你们聚在了一起——戈登爵士您本人、戴维·科恩、斯坦利·科斯冈斯基，当然还有您，兰塞姆先生。再想象一下，科斯冈斯基谈起了他正在策划的一个魔术，以及在实际操作中所遇到的困难。戈登爵士，假设您把客人们带到您的工作室，向他们展示了您的人体模型，并且着重介绍了梅尔策尔的那件国际象棋棋手的复制品。至于科斯冈斯基，既然您为他提供了魔术表演中所需的人体模型，他就准备将这个魔术正式搬上舞台，只不过他打算提前试一试。我们再假设一下，这时戴维·科恩谈起了他的房东夫妇……提出可以用恶作剧的形式给他们一点儿教训。于是，一些念头开始在某些人的头脑中萌芽……在场的人里不缺喜欢搞恶作剧的……戈登·米勒爵士和唐纳德·兰塞姆先生，您二位都是这方面的佼佼者；科斯冈斯基的水平自然也不在话下；至于戴维·科恩，他巴不得借这个机会赢得希拉小姐亲友的好感。这时，你们中有一个人看到了房间里的瘟疫医生玩偶……于是，一个计划就成形了。我认为马库斯医生这个角色的扮演者必定是我们这个时代最杰出的演员——唐纳德·兰塞姆。好了，先生们，现在该你们发言了……"

"谢谢您的夸奖。"演员边说边端起酒杯。另一边，戈登·米勒爵士用钦佩的目光看着图威斯特博士，像在赞赏对方的推理能力。唐纳德·兰塞姆喝光了杯中的酒，点了一支烟，看了一眼他的朋友，然后耸了耸肩："我想我们可以和盘托出了……"

戈登爵士放下了手中的钢球，但他的眼睛仍紧紧地盯着博士：

"图威斯特博士，不得不说，您确实很厉害……没错，是的，事情就是这样的。科恩当时的反应和您猜测的如出一辙……能有机会表现自己，还能向我们证明他不缺点子，他简直乐不可支。他向我们描述了他的房东——就像您说的那样——还声称自己早就打算换房子了，但在他搬走前，没有什么能比给这对夫妇一点儿教训更让他高兴的了……

"这一切都开始于今年夏初。科斯冈斯基告诉我们，他准备完善一个人体消失魔术。这个魔术是由一位魔术师——堪称20世纪最伟大的魔术师之一——早年构思的，但一直没能投入实践，可能是因为魔术中必需的'空心人'模型难以实现。我向他保证，这样一个人体模型是可以做出来的，并在一个月后的聚会上向他展示了成品，当时科恩也在场。我埋头苦干了整整一个月，因为这套机械装置的复杂程度简直超乎您的想象。人体模型必须足够坚固，足以支撑担架上的人的重量；当有人钻进去的时候，模型不能倒塌；它还要有足够灵活的关节，这样钻进去的人才能不露破绽地向前移动。总之，这是一个相当复杂的金属杆组件——"

"一件小小的杰作。"图威斯特博士打断了爵士的话，"我们有幸在科斯闵斯基的遗物中欣赏到了它。"

"一件小小的杰作。"唐纳德·兰塞姆尖着嗓子重复道，"算不上！还不够完美……"

"没错。"剧作家慢慢地点了点头，"起初，我们打算将那两个抬担架的人都设置成印度人，就像……"

"就像这个幻象的设计者预想的那样。我知道您所说的那个魔术和魔术师。"图威斯特博士忍不住接话道。

"我想戴维·科恩向我们提到明登夫妇的时候……科斯闵斯基正好拿起了那个瘟疫医生小玩偶。"

"没错。"唐纳德·兰塞姆插话道，"是我提出瘟疫医生的服装非常适合那次计划，因为它能完美掩藏模型中的真人。这个提议让大家激动不已，可能是因为它阴森恐怖的特质大大调动了大家的兴致。然后，我们一点点完善这个计划，直到两个星期后它完全成形。"

"我猜你们对计划中每个细节、每个动作的编排精确到了每一秒?"图威斯特博士问道。

"没错。"戈登爵士的语气中充满了骄傲,显然他在情节的构思上功不可没。

"8月31日的晚上,大约10点,"兰塞姆说道,"我和科斯闵斯基去见戴维·科恩。科斯闵斯基装扮成了一名瘟疫医生,而我则是维多利亚时期一名体面的医生形象。戴维·科恩在他自己的房间里等着我们,他事先准备好了人体模型、担架和其他东西。"

"你们当时就穿着那身装束走上街道了?"赫斯特探长惊呼道。

"我开车过去,科斯闵斯基住得也不远。我们……我们想从一开始就进入角色。事实上,我们还意外撞见了一个警察,差点儿被他抓住。"

"那您呢,戈登爵士,您难道没有参加那次会面?"图威斯特博士问道。

"我没有参加。我已经过了参加这类活动的年龄了,至少不适合再去扮演这样的角色了。"他狡黠地解释着,"不过,幸好我没跟他们一起去!"

唐纳德·兰塞姆苦笑了一下。

"图威斯特博士,事情就像您刚刚分析的那样。但我要指出一点:在伪造病人从走廊上消失的过程中,那个摔倒的人是谢尔顿医生,也就是科斯闵斯基;至于科恩,也就是罗斯医生,由于穿着那套机械装置,他一旦摔倒,根本无法站起来。接下去的任务就是戴维·科恩守在小门和楼梯井旁边,而其他人——科斯闵斯基、明登夫妇和我——则进入科恩的房间去寻找这个'消失的人'。然后,意外就发生了。我刚刚说过,我朋友制造的这件小小的杰作还不够完美……"

"我提醒过他很多次,让他务必小心!"戈登爵士恼怒地说着,"唐纳德,你得承认这一点!"他又转头对两位侦探说:"在那套装置前胸的位置,有两根很细的金属杆。如果里面的人做出弯腰的动作,那两根金属杆就会变成危险的凶器……但那两根金属杆又是必不可少的,因为……算了,说这些细节还有什么用呢。但我曾一再向戴维·科恩强调,让他无论如何都不能弯腰!"

"两位先生,你们现在明白发生什么了吗?"兰塞姆严肃地说。"科恩必定做了一个错误的动作,然后……"他表现出一副认命的样子,"当科斯闵斯基和明登夫妇还在搜查房间的时候,我去走廊的另一头找戴维·科恩。我大声问他是否看到有人经过。当时他以一种奇怪的姿势靠在墙上,好像随时都会倒下来。如果不是人体模型里的金属框架撑住了他,他肯定早就倒下了。他站在那里一动不动,也不回答我的问题。我立刻意识到发生了什么:他做了一个错误的动作,金属杆扎进了他的肚子。"

兰塞姆继续说道:"在我尽力摆脱掉明登夫妇之后,我向科斯闵斯基说明了情况。我们遇到了大麻烦……科恩显然已经死了,他的脉搏已经停止跳动。如果还有一丝希望救活他,相信我,我们一定会去求救。但当时……已经无力回天了。报警也无济于事……只会给我们带来麻烦。所以我们很快就排除了这个想法，尤其是在确信没有什么线索可以追查到我们身上之后。我们又想到明登夫妇可能会向警方提供的证词……关于这个难以置信的故事，警方绝对不会采信，尤其是尸体并不会留在现场。接着，我们要做的就是把那个被装扮成瘟疫医生的人体模型从科恩身上脱下，然后藏起来。由于时间紧迫，我们来不及细想，就把它塞进了我们最先找到的藏身之处——一个垃圾桶，就在附近的一个隐秘角落里。匆忙间，我们忘了清除科恩脸上的'病痕'……我们当时简直晕头转向……但是，侦探先生们，现在我想澄清一点：你们曾提到，有一位巡警和某个疯子进行了谈话，而那个疯子让科恩的尸体在垃圾桶里消失又重现——这段故事从头到尾都是谎话！"

## 23
## 收网

图威斯特博士轻咳一声。

"我们稍后再谈回这个话题。在那之前,我希望你们能够坦白一件事情:你们是如何让彼得·摩尔跑来向我们叙述那个离奇的故事的?你们这么做又有什么用意?"图威斯特博士微笑着,目光依次掠过演员和他的朋友,"因为,毫无疑问,这么荒诞离奇的故事只可能诞生于你们诡计多端的大脑……旁人根本想不到。"

戈登爵士目光深沉,他面带微笑地看着图威斯特博士,然后回答道:

"好吧。其实,我之前就怀疑,您从一开始就知道谁是这个故事真正的策划者……实际上,如果我没有撞见彼得·摩尔入室盗窃,如果我没有开枪打死他,我肯定早已向您坦白这一切都是我和唐纳德策划的。但在那场悲剧发生后,我们就陷入了一个困境，准确地说，是我陷入了困境。您会明白我的意思的。

"今年年初，我的秘书发现我的藏品中少了一把枪。顺便说一句，那是一把罕有的珍品枪，价值不菲。那天是星期天，前一晚我在书房接待了几位客人。两个月后，彼得报告说家里又少了一把枪，刚好前一晚家里也举办了聚会。在我的朋友中，到底是谁偷了我的藏品？尽管我保持警惕，但还是没能找出窃贼，后来也没有再发生类似的事件。直到有一天，一位朋友私下向我透露，他怀疑我的秘书不值得信任——因为他偶然撞见彼得·摩尔隔着门偷听我说话。我对此感到非常惊讶，但也开始谨慎观察彼得·摩尔的行为。我从来没有当场抓到他偷听，但有一两次我明显感觉到他险些暴露。彼得·摩尔的工作表现一直十分出色，这样一个人会是一个偷窃惯犯吗？如果确有此事，会不会是他偷走了我那两件藏品？我必须弄清真相，所以不得不让他接受考验，给他设下陷阱……我将这件事告诉了唐纳德，后来我们就编造了那个您所知道的小故事。我们可以再回顾一下故事的梗概：为了吸引他的注意，我们一开场就安排了一些戏剧性的反转——一场假定的谋杀；而谋杀的起因被设定为一个老套却总是管用的情节——丈夫、妻子和情夫之间典型的三角恋；然后就是两个情敌之间的争斗，以及酝酿中的谋杀。"

唐纳德·兰塞姆轻咳了一下。

"现在回想起来，我也怀疑当时是不是做得过头了！因为那个故事确实骇人听闻！没想到彼得·摩尔还是上钩了……"

"如果我没理解错的话，"图威斯特博士说道，"你们的计划就是让彼得·摩尔到警察局去揭发你们的谋杀计划，以此来确认他是否在门外偷听！"

"是的，确实如此。"戈登爵士略有些尴尬地承认道，"当然了，即使彼得·摩尔真的依我们猜测的那样在门外偷听，我们也不能确定他会去找你们。但如果他真的去报案了，警察就有可能会进行一番调查，而我们也会有所察觉……你们确实进行了调查，不是吗？"

"所以你们很清楚那天晚上我们是故意在绿人酒吧等你们的！"赫斯特探长不满地说道。

"严格来说，你们的出现可能纯属偶然，"戈登爵士打趣地说，"但是当您告诉我们您打算写一本小说，其中涉及两个侦探小说家之间的一场殊死决斗时……我们就可以确信彼得·摩尔已经向你们讲述了那个用来骗他的把戏。这个家伙还真是一字不漏地转述了所有内容……"

"我当时就意识到，那晚的事情进展得过于顺利了。"赫斯特探长握紧了拳头，闷声说道，"真见鬼，你们心里一定乐开了花！"

"如果我们否认这一点，那就是在撒谎！"唐纳德·兰塞姆笑着说道。

赫斯特探长努力克制住情绪，然后问道："不过，你们怎么能肯定彼得·摩尔那天一定会在门外偷听呢？"

"你瞧，阿奇博尔德，"图威斯特博士说道，"别忘了那个'牧羊人'的出场：米勒夫人的一位亲戚以流浪汉的形象出现，还说了一些莫名其妙的话……这足以引起任何人的好奇，更何况是一个时刻会竖着耳朵的人！另外，我猜当彼得·摩尔通传有访客上门时，戈登爵士一定想办法引起了他的兴趣……"

"没错。"剧作家表示赞同，"事实上，我也没做什么……我所要做的就是扮演一个遇上麻烦的人，试图掩饰自己的不安。"

"真见鬼！这简直令人难以置信！你们费了这么一番周章，只是为了迷惑一个仆人，就好像别无他法了一样！还真是……会盘算——"

"也许是职业病吧。"戈登爵士打断道，"现在，请您试着站在我的立场上想一想：当我开枪打死了一个窃贼之后，我才发现对方不是别人，正是彼得·摩尔。我曾怀疑他行为不检、惯于偷窃，而我们前一天在绿人酒吧的谈话也证实了这种怀疑。在这种情况下，我再对您说'我刚打死的那个人是个小偷，在他入室盗窃前我就知道了，我会向您解释原因……'，您会信吗？即使是最不高明的律师也能很快证明，自卫杀人的理由站不住脚，我很可能是故意杀人！"

"确实如此。"赫斯特探长不得不承认这一点。

"幸运的是，唐纳德足够机敏，摸清了当时的情形。因为如果他承认我们给摩尔设了个圈套，而我却声称自己从未听说过那个关于决斗的故事，那就糟了……您肯定会认为我只是在等待一个契机——趁着彼得·摩尔行窃的时候,让他吃枪子儿。"

赫斯特探长想了一会儿。

"在您的表演中,有一个细节让我无法理解:您当时拿起了那个装扮成瘟疫医生的玩偶……戈登爵士,您应该清楚,这个举动可能会让我们联想到戴维·科恩的案子,不是吗?"

"但他从来没有做过这个举动!"兰塞姆反驳道,"这个细节是彼得·摩尔编造的,恰恰也证明了那个秘书有多么狡猾。我想,在我们准备那个针对房东夫妇的恶作剧时,他就已经在监视我们了。他肯定认为是我们谋杀了戴维·科恩,所以趁机诬陷我们!真是个卑鄙小人!"

"先生们,那真是太荒谬了。"戈登爵士说。

图威斯特博士镇定地说道:"我知道这个'举动'并不是您剧本中的一部分。另外,我清楚地记得那晚你们在绿人酒吧的反应:当我的朋友告诉你们有两个伪装成瘟疫医生的人涉嫌参与科恩被杀一案时,你们显然没有料到这一点。您,兰塞姆先生,差点儿把酒杯摔了;至于您,戈登爵士,受到的惊吓不在他之下。可当我们提到那场'决斗'的时候,您连眼睛都没眨一下。

"到目前为止,一切都能解释得通。我们可以接受彼得·摩尔的死是个巧合……但还有科斯闵斯基的死,几乎是同时发生的……这一次再说是巧合,应该不太行了吧?说到科斯闵斯基,兰塞姆先生,我希望您能再回顾一下8月31日晚发生的悲剧。当时你们把戴维·科恩的尸体放进垃圾桶之后就分道扬镳了,在这之后呢?"

"我不是已经向您解释过了吗!"演员生气地说道,"我去找我的车子,科斯闵斯基回他自己的家。"

"是什么时候?"

"我怎么会记得那么清楚!我们刚离开明登夫妇的房子……就看见不远处的一条死胡同里放着几个垃圾桶。我们清空了其中一个垃圾桶,把戴维·科恩从人体模型里弄出来,再放进垃圾桶。然后,我们直接离开了。整个过程应该用不了五分钟……"

"那么是您负责拿走担架,科斯闵斯基负责拿走人体模型?"

"是的,他用大衣把那个模型和他自己的瘟疫医生装束一并包起来了。那可真是个大包袱,好在他住得不远……"

"在这之后,您还去见过科斯闵斯基吗?"

唐纳德·兰塞姆用手擦了擦汗津津的额头。

"我们第二天见了面,就在这里……讨论了一些事。"

"我猜,你们是商量着把这个'恶作剧'从记忆中抹去吧?"

"是的……或多或少吧,尤其是在我们读到报纸上刊登的消息后,这场意外被定性为谋杀。后来,我们就再也没有见过面了……"

"这场意外就像一盆冷水泼在我们身上。"戈登爵士补充道。

"很好。"图威斯特博士为了更好地集中精力,闭上了眼睛,"阿奇博尔德,我想你现在可以去你车子的后备厢里把东西拿出来了。"

赫斯特探长起身离开了房间。戈登爵士和兰塞姆困惑地相互看了一眼。过了一小会儿，他们看到探长回来了。赫斯特探长将一个大大的手提箱放在他们面前，然后打开了箱子。

"戈登爵士，我想……"图威斯特博士说道，同时从箱子里拿出了一件用金属杆支起来的紧身衣，"您应该还记得自己的这件小小的杰作吧？您为了它可是花费了不少心血……这是您的作品，没错吧？……我之前告诉过您，这是我们在科斯闵斯基的魔术道具里找到的。科斯闵斯基舍不得扔掉它。也许他打算在不久的将来使用它，等到科恩的案子被遗忘的时候。这也不是不可能，因为柜子里还有两套印度服装。现在请看看紧身衣的前侧，那两根金属杆应该就是导致戴维·科恩死亡的罪魁祸首。它们非常细，截面几乎呈圆形……"图威斯特博士的声音低沉了下来："但导致科恩毙命的两处伤口显然是由一把更锋利、更宽的刀刃造成的，绝不可能是这两根金属杆，而且这两根金属杆上也没有任何可疑痕迹……很遗憾地告诉你们，戴维·科恩确实死于谋杀。"

屋内死一般的寂静。

"死于谋杀，"赫斯特探长一字一顿地重复道，"死于两处刀伤，这一点毫无疑问。"他从口袋里掏出一个笔记本，翻阅起来："戴维·科恩从走廊消失的时间大约是晚上10点35分，我们现在知道他当时'变身'为罗斯医生了。罗斯医生站在走廊尽头靠近楼梯的位置，其他人则在科恩的房间里搜寻。两三分钟后，马库斯医生——也就是您，兰塞姆先生——前去与罗斯医生会合……大约过了三十秒，其他人也走了过来。科恩当时已经死了，这一点确定无疑，因为除了您的证词，还有明登夫妇的证词——他们声称您当时以一种奇怪的方式扶着罗斯医生，而且他们再没看到罗斯医生移动过；验尸官的报告也证实科恩死于那段时间。从这一切可以看出，有机会谋杀科恩的人屈指可数。虽然我说屈指可数……但我能想到的凶手只有一个……就是您，兰塞姆先生！您和罗斯医生独处的时间有半分钟，您完全有机会朝他刺两刀！"

演员脸色苍白，他摇了摇头，但是什么也没说。

"到了10点45分，"赫斯特探长用同样的语气继续说着，"在科斯闵斯基的帮助下，您把戴维·科恩的尸体带离了案发现场。当然，科斯闵斯基当时完全相信科恩是因为做了一个错误的动作，才被模型上的两根金属杆刺死的。现在我们再来看看爱德华巡警的证词——顺便说一句，我和他有私交，我十分信任他的为人。11点零5分，他看到我们的老朋友马库斯医生俯身趴在一个垃圾桶上……"

"这绝对是他编出来的谎话！"唐纳德·兰塞姆叫嚷道。

"您真的这样认为吗？"图威斯特博士平静地问道，"或许我们忘记了告诉您一个细节：在发现垃圾桶里的尸体后，爱德华巡警遇到了一位在附近巡逻的同事，并向他讲述了自己与马库斯医生的那场对话，之后他们才听到明登夫妇的证词。如果我们假定这个故事是爱德华巡警编造的——实际上，我很难想到这位安分守己的警官有什么理由撒这样一个谎——那么，在从明登夫妇那里听说马库斯医生之前，他又如何事先编造出这个人物呢？您不觉得这样的巧合太过离谱吗？"

"但是设计这一幕又有什么意义呢？"演员反驳道，他的前额已经被汗湿了，"尸体在垃圾桶里再次出现，这怎么可能呢？根本说不通！"

"其实就是一个非常简单的戏法。您记得吗？在那个死胡同里只有三个垃圾桶——有两个摆在左侧，一个放在右侧。爱德华说，当他看到那个人的时候，对方正俯在左侧的第一个垃圾桶上。爱德华检查过那个垃圾桶，里面是空的。然后马库斯医生把他的注意力引向了右侧那个装满垃圾的垃圾桶。爱德华掀开那个垃圾桶的盖子，晃了晃里面的东西，同时低声抱怨了几句……就在这窸窸窣窣的几秒钟里，背对着他的马库斯医生巧妙地完成了一项行动：他搬起第一个被检查过的空垃圾桶，放在了左侧的第二个垃圾桶的后面，而第二个垃圾桶里本来就装着科恩的尸体，现在正好成了左侧的第一个垃圾桶！因此，当沃特金斯查看他以为的'最后一个垃圾桶'时，实际上他检查的是原本的'第一个垃圾桶'。如您所见，这是个幼稚的把戏，只不过借助了当时昏暗的环境。

"先生们，所有这一切让我们对马库斯医生的个性有了相当明确的了解。他沉着冷静、反应敏捷，具有非凡的随机应变能力。请各位设身处地地想一想：爱德华巡警出现在他身后时，马库斯医生几乎瞬间惊觉对方的存在，而他当时被堵在一条死胡同里，旁边还放着一具尸体。就在这一瞬间，他成功地完成了一场非凡的戏法。请仔细观察他的举止、手势、魄力以及语言之巧妙……尽管处境不利，他却扭转了局面，把可怜的爱德华巡警骗得团团转。巡警怀疑他精神有问题，马库斯医生就顺杆儿爬，甚至自称是犯罪学博士！眼看着阴谋就要败露了，他竟然还能幽默逗趣，在哄骗巡警的同时，实施他的诡计。更厉害的是，在逃走之前，他还不忘捉弄一下巡警，提醒对方到尸体所在的垃圾桶里再找一找……多么出色的表演！伟大的艺术，我向他鞠躬。真的，兰塞姆先生，我不知道还有谁能展现出如此精彩的表演……这种精彩的表演，只有像您这样才华横溢的演员才能做到。如果这里是剧院，我会举双手为您鼓掌……"

唐纳德·兰塞姆的眼睛变成了两条喷着火焰的裂缝。

"图威斯特博士，这一次我无法接受您的赞誉，希望您能谅解。而且，我还要遗憾地告诉您，您完全说错了……"

"请让我说完，您会看到所有的事实都完美衔接在了一起。当戈登爵士提醒戴维·科恩那两根金属杆可能会带来危险时，您意识到这是一个千载难逢的好机会，正好可以除掉戴维·科恩——因为他勾引了您眷恋已久的女人。您无法否认，因为福里斯特小姐已经向我们承认了这一点。您利用这个机会成功除掉了您的情敌，他的死——至少在知晓这场恶作剧的人看来——是一场意外。到这里为止,一切都很顺利,尤其是福里斯特小姐……也从您那里寻求慰藉。但后来……出现了一个小插曲:科斯冈斯基注意到模型的金属杆上面没有血迹……如果科恩真的死于意外,那上面理应有血迹。某天晚上,在斯坦利·科斯冈斯基醉酒后,他的兄弟听到他清清楚楚地说了这么一段话:'没有痕迹……没有血迹……本该有的。到底是怎么回事?'我想,科斯冈斯基没花多长时间就想明白了'到底是怎么回事'。您和我一样清楚,科斯冈斯基并不富裕。但在这之后,他就突然拥有了200英镑……我们在他的公寓里也找到了这笔钱。显然,他勒索了您,兰塞姆先生。您刚付完一笔封口费,他就又出现了。上个星期天,您在舞会上接到的那通神秘电话,就是他打来的吧?我猜他在电话里跟您说,既然您就在附近,他想要和您见面讨论某件重要的事情……您意识到您若不采取一些非常手段,他只会越发贪得无厌。您的随机应变能力是有目共睹的……科斯冈斯基就住在盖伊·威廉姆斯家附近……在那样一个狂欢之夜,谁会注意到您的缺席呢?只要一刻钟的时间,所有的事情就能有个了断。您去了他的住处,他一开门,您就把他打倒,再冲过去用力捅他。但他反抗激烈,您不得不逃走。请允许我提醒您,有目击者看到了行凶者:一个金发男子,穿着深色西装——就像您那天晚上穿的那套!"

唐纳德·兰塞姆突然站了起来,他的脸色铁青。

"这不是真的!我向您发誓,这一切都不是真的!"

## 第七重解答

图威斯特博士调了调自己的夹鼻眼镜,用和演员一样尖刻的声音说:"而我可以证实这是真的——科斯闵斯基在敲诈您,并且在舞会那晚给您打过电话,要求您去见他!"

演员正要再次反驳,但在最后一刻改变了主意,只是张大了嘴巴。

"我能理解,"图威斯特博士说道,"您不可能承认我的指控。但是您很清楚,最后这两点都是千真万确的事实。想象一下,如果没有发生救护车事故,科斯闵斯基就还活着;想象一下,如果他还能开口说话,您会处于什么样的境地?只有一个人有杀他的动机——他的勒索对象。如果他还活着,他肯定会毫不犹豫地举报您,即使从法律角度来看,他自己也不清白。请注意,他甚至没必要招认敲诈勒索的事,因为仅凭他对于科恩被杀一案的证词,就足以揭示您想要置他于死地的强烈动机。"图威斯特继续沉声说道:"兰塞姆先生,他关于科恩案的证词,必定会把您送上绞刑架。因为只有您才有谋杀戴维·科恩的动机,只有您才有实施谋杀的机会……兰塞姆先生,您应该感谢上帝让救护车司机失去了对车辆的控制……"

房间内的人沉默了很久。

最后,兰塞姆结结巴巴地说道:"可是……可是,那么……"

"那么……"图威斯特博士重复道,然后转向手中握着钢球的戈登爵士,"那么,事实证明,我刚才所做的一切推断都是有人事先安排、早有预谋、精心策划的。兰塞姆先生,这个人策划了有史以来最恶毒的阴谋之一，唯一的目的就是要除掉您，把绞索套在您的脖子上。如果没有那场'天意'的车祸，死亡的厄运将不可避免地降临到您身上。这场阴谋的策划者有着一个非凡的大脑，他极为精确地安排了计划的每一处细节，而整个计划的复杂程度更是超出了任何人的想象。在这个阴谋中，每一个阶段都经过精心策划，任何事件都不可能是偶然发生的：对戴维·科恩的谋杀是严格按照计划逐步实施的；不幸的彼得·摩尔所讲述的那个故事以及他之后遭遇的谋杀也是安排好的；对斯坦利·科斯冈斯基的谋杀也不例外。三场谋杀都是同一个人所为……老实说，我从没见过像您这样聪明绝顶又卑鄙至极的罪犯，戈登爵士！"

# 24
## 第七重解答

很长一段时间里,除了戈登爵士手中钢球的碰撞声,房间里什么声音也没有。然后,唐纳德·兰塞姆突然大笑起来——笑声如雷,近乎歇斯底里。房子的主人也跟着大笑起来。

"图威斯特博士,真的,"演员笑得喘不过气来,"您制造戏剧效果的能力简直能让最顶尖的专业演艺人员都感到嫉妒……这项针对戈登爵士的指控和您刚才对我的指控一样荒谬……"

"说实话,"戈登爵士说道,"我一直在等待这种戏剧性的转折。但我不会怪您,毕竟这是'游戏'的一部分,不是吗?不过,请您先解释一下:我有什么理由憎恨我的朋友,以至于我要设下这样邪恶的阴谋?"

"我更想……"图威斯特博士用他那双蓝眼睛死死地盯着剧作家的眼睛,"先在这个问题上保持沉默。因为,如果我现在就说出真相，戈登爵士，这个房间里很可能有人不会让您活着离开……我什么都知道，戈登爵士，什么都知道……这一点您要清楚。"

如果说图威斯特博士的这番话让戈登爵士微微变了脸色，那么它反而逗乐了唐纳德·兰塞姆。

"图威斯特博士，我们洗耳恭听……您可以慢慢说，我们只能相信您了。不是吗，戈登？"

戈登爵士挤出一个微笑。

"……即便尚不明晰，"图威斯特博士若有所思地重复着，好像根本没有听到唐纳德·兰塞姆的话，"我也必须澄清一些事。戈登爵士，您并不看好您的继女和戴维·科恩之间的恋情；同时，您对于另一段初露端倪的恋情更是心中不悦……因为您早就猜到了您朋友的意图——他真切地想要捕获希拉·福里斯特小姐的芳心。而在希拉小姐和科恩断绝交往后，她似乎并没有拒绝兰塞姆先生的追求。简单来说，您坚决反对您的继女和您朋友交往，并且打算不惜任何代价也要破坏这段关系。这就是事情的起因。先生们，我说得够清楚了吗？"

"非常清楚。"演员和剧作家几乎同时回答。

"很好。我们已经知道了那个关于瘟疫的'闹剧'是如何发生的。戈登爵士，您或许就是在构思和安排那场恶作剧的过程中，制订了自己的另一个计划：您要利用这次机会除掉戴维·科恩，但更重要的是，您要让您的继女——希拉·福里斯特小姐

（她自然也知道这个恶作剧）——怀疑是兰塞姆先生谋害了她的男友戴维·科恩。这肯定会破坏他们之间的关系，从而了结这段还在萌芽阶段的恋情。但是，我们都知道，爱情会让人盲目。您很清楚，没有什么东西能比爱情更加变化无常。所以，您不可能准确预测到希拉小姐的反应，她很可能无视兰塞姆先生的'杀人嫌疑'，仍然选择投入他的怀抱。因此，您还安排了预备措施，以应对这种可能发生的情况……顺便说一句，这种情况的确成了现实。

"兰塞姆先生，如果您没有和希拉小姐订婚，案件也就到此为止了。除了戴维·科恩，就不会再有其他的受害者了。但命运不遂人愿，所以戈登爵士被迫启动了他计划的第二阶段，其中包括后来发生的所有事件，我说的是所有事件。正如我之前向您解释的那样，这些事件本应'顺理成章'地把您送上绞刑架。

"在深入讨论第二阶段的计划之前，让我们回顾一下8月31日那个不寻常的夜晚。您说过，当晚每个人的移位、动作都是事先计划好的，对吗？我猜测是戈登爵士您制定了这次行动的细节？……很好。我们再聊一聊那个人体模型。几天前，我一时兴起，穿上了那套人体模型。面对这样一件杰作，我不得不再次向它的制作者致敬……不过我注意到了一个细节：就算少了支架前侧的那两根金属杆，也不会影响这套模型的正常使用。压根儿不影响！兰塞姆先生，请您过来看一眼……"

唐纳德·兰塞姆站了起来，用了点儿时间检查紧身胸衣。他耸了耸肩膀，然后又重新坐下。

图威斯特博士接着说："您明白我的意思了吧……每一处细节都是提前设计好的。另外，戈登爵士反复强调这两根金属杆可能存在安全隐患……而它们一旦被证实与科恩的死毫无关系，就会成为对付兰塞姆先生的有力武器。从某种程度上说，这是一枚定时炸弹，就像那天晚上凶手设下的许多陷阱一样，其目的都是为了吸引警方去关注走廊里的'消失戏法'，去关注其中的表演者。总之，凶手想尽办法把大众的目光聚集到那个场景里，进而使兰塞姆先生成为众矢之的，就像我们刚才分析的那样。

"在晚上10点30分到10点40分之间，戴维·科恩独自在走廊里待了两三分钟。他就是在那个时候被刺死的。有谁知道他会在那个特定的时间待在那个特定的地方？当然，只有知道那场恶作剧的人，而知道内情的人屈指可数：科斯闵斯基、兰塞姆、科恩、福里斯特小姐，以及戈登爵士。其中，科斯闵斯基不可能是凶手，因为当时他正在科恩的房间里；我们也要排除第二个人，因为兰塞姆先生自己就是这场阴谋的受害者；戴维·科恩显然也是受害者；出于某些我不便阐述的原因，我也要排除福里斯特小姐。那么，就剩下您了，戈登爵士，只有您有机会杀死科恩。这对您来说简直是小儿科：您溜进了小门厅，将通往走廊的那扇门微微打开，以便观察您朋友的恶作剧进行到哪一步了，再选择恰当的时机刺死科恩，然后悄悄离开。

"让我们再看看接下来发生的事情。明登夫妇的证词并不能证实那三名瘟疫医生与科恩的死有关。戴维·科恩从走廊里消失可能只是一个诡计，警方并不能从中做出其他推导。然而，必须要让警方发现那三个瘟疫医生和死者之间存在某种联系……最重要的是，要让警方在这起谋杀案和马库斯医生这个人物之间建立起密不可分的联系。为此，戈登爵士，您乔装改扮成您的朋友'马库斯医生'，故意做出可疑举动，引起一位巡警的注意，再引导他发现科恩的尸体。在这个阶段，您无法提前制定具体的计划，因为您不知道您的朋友们会作何反应。在发现科恩死了之后，他们到底会怎么做呢？报警吗？考虑到他们在这个案子中的微妙处境，很难相信他们会去报警。即使他们真去报警了，我相信您也不会苦恼，因为您就不用去干预之后的行动了——唐纳德·兰塞姆相当于自投罗网。我们不需要再回顾不利于唐纳德·兰塞姆的证据了，但我想补充一点：如果警方无法找到他的作案动机，戈登爵士，您肯定会顺手推他们一把，把他们引上您设定好的轨道。另一种可能出现的情况是：您的朋友们可能会把科恩的尸体留在现场。这种可能性不大——考虑到明登夫妇的证词，这种做法存在隐患。就算出现这种情况，我想您应该也准备了一套应对措施。那么，把科恩的尸体带到一个更远的地方呢？太冒险了，而且他们是步行来的。所以，您很确定，他们会把尸体扔在附近或者藏起来。您肯定仔细研究过那个街区的地形，也掌握了巡警巡逻的规律。

"当晚10点50分左右，科斯闵斯基和'真正的'马库斯医生把科恩藏在三个垃圾桶中的一个后，离开了那条死胡同。大约11点零5分，爱德华·沃特金斯巡警经过那条死胡同。在这之前，您有不到十五分钟的时间准备您的表演，顺便提一句，您的表演在各个方面都称得上绝妙。首先，您假装将爱德华误认作自己的同伙，故意说了这么一番话：'科斯闵斯基，时间已经不早了。我还担心你没有跟上来……老天啊，我希望它不要过早被人发现。我们真应该把它放到别处……嘿！科斯闵斯基，你在听我说话吗？'这样一来，巡警就会知道有一个叫科斯闵斯基的人也参与其中。这个线索最初看起来没有多大价值——毕竟伦敦这样的大都市里有太多叫作科斯闵斯基的人了，警方很难据此查到什么，但这个名字后来却成了关键性的线索。您说那段话其实还有一个目的，就是当爱德华巡警发现您时，让他认为往垃圾桶里藏尸的人是'马库斯医生'。此外，这位'马库斯医生'的态度也很耐人寻味：他在藏尸体的时候被巡警撞见了，却能巧妙地扭转局势，就像是一位……演技精湛的演员。他给沃特金斯巡警上演了一场真正的表演。而那个让尸体在垃圾桶里重现的戏法完全是为了进一步突出整个事件的戏剧性——在我看来，没有别的解释了。戈登爵士，除非您对自己'犯罪学博士'的角色设定太过入戏？无论如何，这并不重要。等到警方对这场闹剧的组织者有了一个模糊的概念，他们不必绞尽脑汁就能给扮演马库斯医生的这个人对上号——此人出自演艺界，具有非凡的临场表演天赋，而这样的人才少之又少……这个人不可能是别人，只能是您，兰塞姆先生。

这就是真凶设下的几枚定时炸弹……"

戈登爵士再次笑了起来。

"图威斯特博士，"他说道，"如果您哪天打算转行写侦探剧的剧本，请您一定要提前通知我，好给我一些改行的时间！您的想象力漫无边际、层出不穷，我甘拜下风！"戈登爵士一口气喝光了杯子里的酒，坐回扶手椅里。他交叠着双臂，向图威斯特博士露出一个挑衅的笑容："您的推理很精彩……可惜的是，您没有任何证据来支撑您的指控！"

"也许没有……不过，我至少能够证明一点：明登夫妇所看到的马库斯医生和爱德华·沃特金斯巡警看到的马库斯医生并不是同一个人！"

"啊！太好了！"戈登爵士的语气中透露出一丝惊喜，"那就请您跟我说说吧！"

"明登夫妇和爱德华·沃特金斯一致认为马库斯医生的声音是伪装出来的……但各自持有不同的看法……按照爱德华巡警的说法，马库斯医生的声音洪亮——就像您的声音一样铿锵有力，戈登爵士；而明登夫妇认为……"

"您竟然把这称为证据？"剧作家大笑起来。

"不，当然不是。这只是一个佐证。"图威斯特博士转头看着演员，"兰塞姆先生，在明登夫妇家中'表演'时，您按计划携带了一根手杖，对吗？"

"是的……"演员答道，他的眼神里露出一丝疑惑。

"我猜您在去明登夫妇家的途中就把它弄丢了……大约在晚上10点，当时爱德华巡警在伯里街看到了您和科斯闵斯基的身影。您在躲避巡警的过程中，不小心丢失了手杖。"

"嗯，这很有可能……但您是怎么知道的？"

"一方面是因为，那根手杖是在案发后第二天被发现的，就在国瑞街附近的一条小巷子里。另一方面，明登夫妇曾经向警方十分详尽地叙述了那个不同寻常的夜晚，唯独没有提到那根手杖……所以，明登夫妇看到的那位马库斯医生并没有携带他通常随身带着的手杖；而另一位马库斯医生——那位'犯罪学博士'——却有一根手杖，爱德华巡警对此十分确定。那是一根漂亮的手杖，带有一个银质的手杖头。"图威斯特博士的目光再次落到戈登爵士的身上，"在我看来，这足以证明爱德华巡警和明登夫妇所见到的马库斯医生并非同一个人。两个行为怪诞、装束一模一样的人，几乎在同一时间出现在同一地点，这不可能是巧合，而是有人特意穿上了兰塞姆先生当时的那身装束，企图冒充他，却错误地带着一根手杖露面……这是一个严重的错误，戈登爵士，因为如果您观察同伴时再细心一点儿，就应该注意到兰塞姆先生当时已经没有手杖了……好了，如果按照我们刚才的推理，我们就会问自己一个问题：谁知晓这场恶作剧？谁又能准确地知道兰塞姆先生是什么样的装束？还是一样的答案……那就是您，戈登·米勒爵士。"

剧作家勉强露出微笑，唐纳德·兰塞姆却皱起了眉头，疑惑地盯着他的朋友。

"现在我们到了计划的第二阶段。"图威斯特博士很快继续道,现在房间里只有他还能展现出幽默感,"戈登爵士的计划并没能让他的继女产生怀疑,至少还不足以让她拒绝兰塞姆先生的追求,所以戈登爵士再次出手了。我们即将看到他设置的那些'定时'炸弹会带来怎样的杀伤力。"

图威斯特博士接着说道:"第一幕:彼得·摩尔的叙述。当我们听到他所说的故事时,我们会问自己两个问题——当然,我们抛开了这个故事是恶作剧的可能性。首先,真的有人谋杀了米勒夫人吗?如果有,那么戈登爵士和唐纳德·兰塞姆两人中谁是凶手?其次,这些人是否参与了谋杀科恩的那起案件呢?好了,先生们,彼得·摩尔讲述这个故事的唯一目的就是让我们产生这两个问题。戈登爵士,您想让我们知道您和兰塞姆先生都与'瘟疫医生命案'有关。这起案件还牵涉一个叫作科斯闵斯基的神秘人。当这个神秘人遭到暴力袭击时,他就会出现在我们的视野当中,而您和兰塞姆先生自然成了最大的嫌疑人——尤其是,在此之前,我们已经怀疑您和您的朋友企图实施一场谋杀!

"当然,彼得·摩尔绝不是个'冒失'的人,也不是小偷,更没有其他不轨的行径——他完全不像您让兰塞姆先生以为的那样。既然如此,您是如何让他偷听到您和您朋友编造的那场所谓的决斗、那个荒唐的故事呢?在您做出回答之前,我想插句题外话来强调一点:戈登·米勒爵士之所以安排这段表演,是为了那两个重要的目的——其中一个，是让人联想到'瘟疫医生命案'……"

"但他当时根本就没有拿起过那个瘟疫医生玩偶！"唐纳德·兰塞姆声音颤抖地质疑道。

"您能够确定吗？您还记得当您的朋友说'唯一能把我们联系在一起的东西……表演……游戏与谋杀'时，当他说这句话的时候，他背对着您，还非常奇怪地瞥了您一眼。您能够确定当时他手上没有拿着那个玩偶？"

"我……我……"

"不，您不能确定。但是您肯定能想到，当彼得·摩尔向我们叙述这一幕时，我们会产生怎样的想法。好了，我刚才说到哪儿了？……对，第二个重要目的：预示一场酝酿中的谋杀案。对戈登爵士来说，实现这两个目的才是重中之重。兰塞姆先生，您也许完成了这个剧本当中的大部分内容，但是之后发生的谋杀以及其中的种种细节显然是您朋友的主意。我没说错吧？"

唐纳德·兰塞姆已经僵住了。

"那么，我们的导演是如何让他的秘书主动偷听这段对话的呢？由于彼得·摩尔已经不在人世了，我很难猜出您对他说的原话，戈登爵士。我想到了六七种解释，不过我只举其中一种为例。当时您指着窗外那个自称是您妻子亲戚的流浪汉说：'我觉得那个人很可疑……安娜的堂兄？我不大相信。是的，他很奇怪，非常奇怪……听着，彼得，我要你待在这里，在门后面，透过钥匙孔观察他，眼睛一刻也不要离开他……一刻也不要，听到了吗？你永远不知道会发生什么……'等兰塞姆离开后，您接着说：'你听到了吗？没错，彼得，这个自称我朋友的家伙，就是杀害我妻子的凶手……我向他挑衅，向他提出决斗，这个做法确实有些疯狂……但我想看看他会做到什么地步……命运选择了他去实施谋杀……我担心最坏的结果……听好了，现在立刻去找图威斯特博士，把你刚才的所见所闻一字不落地告诉他，不要有丝毫遗漏。你要装作是无意中听到这段对话的，言语中不要偏袒任何一方，尽可能自然一些，至少表现出一般人在面对这种情况时该有的自然反应——也就是说，你可以摆出一副焦虑不安的模样，一方面生怕我知道是你走漏了消息，自己会因此丢工作，另一方面你又希望能预先告知一个有能力的人，以防'某些事'发生。图威斯特博士不一定会相信你的话——这也不是什么坏事，因为兰塞姆可能并不会展开行动——但这至少可以警示他，因为如果兰塞姆杀了人，他就会把罪名推到我头上……他是个危险人物，比狐狸还狡猾……啊！别忘了提到我抓起那个瘟疫医生玩偶时说过的话，当然，你要把握好分寸，不要刻意强调，总之一定要提到那段话……'

"您很清楚，在得知这个故事后，我一定会转告给我的朋友阿奇博尔德·赫斯特探长，而且您也知道他负责调查戴维·科恩的案子，因为您和苏格兰场的某些高层官员保持着良好的关系，不是吗？我完全可以想象，那天晚上当您看到我们两个人出现在绿人酒吧时，您有多么欣喜——显然您的计划正按部就班地进行着。而您也趁热打铁，继续完善着这个计划：当我的朋友提到科恩被杀的案子时，您故意露出不安、吃惊的神色，这种可疑的举动——如您所愿——加深了我们对你们的怀疑。

"万事俱备，您就开始执行第二阶段计划的第二幕了：谋杀彼得·摩尔，以及袭击科斯闵斯基。按照原计划，您并不打算要科斯闵斯基的命，因为您还需要他向警方'提供线索'。当然，彼得·摩尔是必死无疑的——他知道太多有关那场决斗的内情，所以必须灭他的口。不过，灭他口的原因不止这一个……"

"您简直太异想天开了！"演员喊道，"案发时，戈登不可能出现在科斯闵斯基的家里，因为他当时在开枪——"

"这正是他的阴谋当中最精妙的部分。"图威斯特博士打断了演员的话，"他近程射杀这个所谓的窃贼的行为，恰恰为他提供了一个牢不可破的不在场证明，排除了他袭击魔术师的嫌疑！想想看，兰塞姆先生，这两起犯罪都发生在上个星期六的晚上11点，时间完全吻合……这种离谱的巧合，不可能是真正的巧合。"

"图威斯特博士，您能否为我揭秘一下，"戈登爵士飞快地转动着手中的钢球，嘲弄道，"我是用了什么神奇魔法，竟能让自己同时出现在两个不同的地点？如果您能够解释清楚，我愿意告诉您任何您想知道的事情！"

图威斯特博士吐出了几口烟雾。他那深不可测的目光落在房子的主人身上，然后他说道：

"什么神奇魔法？……别说得那么夸张。首先，有什么证据能够证明那晚11点您在自己的家里？或者说，有什么证据能够证明在那个时刻、那个地点您亲自朝自己的秘书开了枪？事实上，只有一个证据——如果可以称之为证据的话：您的邻居们在11点左右听到了一声枪响。这一点其实很容易实现，只需要通过一个定时装置来触发一把装有空弹壳的左轮手枪就行了。比起在您的工作间里静静躺着的其他小杰作，制作这样一个定时装置简直是小儿科。我们继续往下说。您在11点10分左右打电话报警，警察在二十分钟之后赶到您家里，发现地板上还躺着那个所谓的窃贼的尸体。有什么证据能够证明您在这段时间里一直待在家里？打给警察的那通电话？显然证明不了什么。您可以从任何地方给警察打电话。

"现在让我们看看当时到底发生了什么。我不知道您是如何说服您的秘书配合您推进计划的，但我相信，以您那丰富的想象力，您必定给出了充分合理的理由让他严格地执行您的命令。所以，他一早就开始收拾行李。等您的继女和兰塞姆先生离家去参加盖伊·威廉姆斯举办的舞会后，您就开始着手准备盗窃现场了：窗户虚掩着，保险箱上有划痕，盔甲散落在地，等等。在离开前，您启动了定时射击的机关，射击时间应该定在11点前后。10点55分，彼得·摩尔——显然是奉您的命令行事——在科斯闵斯基的公寓附近用公用电话打到盖伊·威廉姆斯家，点名要找唐纳德·兰塞姆。他很可能假扮科斯闵斯基，以某种理由要求兰塞姆先生立刻赶到科斯闵斯基家……因为舞会当晚打电话找您的人正是科斯闵斯基——或者声称自己是科斯闵斯基,是这样吗,兰塞姆先生?我猜,您在电话里并不能听清对方的声音?"

演员点头表示赞同,他的眼睛一直盯着自己的朋友。

"他到底对您说了什么呢?"

"他让我立马到他家去。"唐纳德·兰塞姆痛苦地说道,"他说有一件非常重要的事情要告诉我,但不能在电话里谈。"

"所以您去了,对吗?"

"是的……但当我到达他的公寓楼门口时,我看到那里聚集了很多人……我了解到那里发生了一场谋杀未遂案,但我并不知道受害者是谁,之后我就离开了……"

"很好。兰塞姆先生,就在彼得·摩尔给您打电话的时候,戈登爵士敲响了科斯闵斯基家的房门。戈登爵士,您当时戴了一顶金色假发,但科斯闵斯基几乎来不及注意到,因为他一开门就被您一拳打在下巴上,几乎晕过去。您当时还穿着一套和您朋友当晚穿的一模一样的西装。我们现在已经知道,您的目的并不是要杀死科斯闵斯基,而是要让他在死里逃生后向警方大致描述袭击者的外貌——这恰好与兰塞姆先生的外形相符。当然,更重要的是……您还需要他为另一场谋杀案做证。您当时在科斯闵斯基的身上扎了好几刀,嘴上发出叫喊声,故意惊动邻居。接着,您冲下楼梯,快速逃走。跑到街上后,您摘掉了假发,可能是担心在逃跑的过程中假发会丢失吧?不巧的是,您撞上了正在回家路上的门房的丈夫，他明确表示撞到自己的人有着深色的头发……

"到了当晚11点，您和彼得·摩尔碰了面，他按照约定在汽车里等您。您以最快的速度开车赶回家。深夜车少，所以这段路程用不了二十分钟，我们已经验证过了。您在途中稍作停留，用公用电话报警，声称自己刚才开枪打死了一个窃贼，这也耽误不了您多少工夫。等您到了离家不远的地方，确定自己'赶上计划'后，您就拿出左轮手枪，近距离射杀了彼得·摩尔。为了掩盖枪声，我猜您在开枪的时候猛按了喇叭或者启动了发动机。您匆匆回到家中，把秘书的尸体和手枪摆放到事先设计好的位置上，然后拿走了定时机关。至此，一切就都准备就绪了。警察可能随时赶到，而您也准备好进入自己的角色——您刚刚开枪误杀了自己的秘书，后者当时正在您家中行窃。从时间上来说，所有的安排都非常紧迫，但并非不可实现。当然，如果事情没有按照您的预期发展，您就不会射杀彼得·摩尔，只需要否认自己曾打过电话报警就行了。戈登爵士，您为自己编造了一个绝佳的不在场证明，因为谁也不会想到您主动认下误杀罪行是为了掩盖另一起犯罪。另外，您枪杀彼得·摩尔的诡计也很高超，几乎毫无破绽，因为您确实是近距离朝他开枪的，而且用的是在他尸体附近发现的那把枪。实际上，您当时面临的唯一一个风险就是警方有可能会去检查您的汽车。不过，您提前就将车子停在了房子的后面，避免让它出现在我们的眼皮子底下，然后自己再经由那条通往后门的小路进入屋内。如果警察真的去查看您的车子，他们或许不会注意到发动机还是热的,却很可能会闻到车厢里还弥漫着的火药味……我不得不承认,您已经把风险降到了最低。"

房间内一阵沉默,只听见戈登爵士手中的钢球还在叮咚作响。兰塞姆则用惊愕和恐惧的目光看着戈登爵士。

"我还要解释最后一点,"图威斯特博士接着说道,"那就是斯坦利·科斯闵斯基的勒索行为。我认为这并不是科斯闵斯基自己的主意……我几乎可以肯定。戈登爵士,这显然又是您的手笔。依我猜测,您以某种隐秘的方式引导科斯闵斯基注意到了那两根金属杆的末端没有血迹,以及这个细节所暗示的一切。在这之后,您还对他说了这样的话:'很遗憾,科斯闵斯基,恐怕兰塞姆利用这个恶作剧除掉了科恩。否则这两根金属杆的末端为什么没有血迹?我想不出其他解释……他一直在追求希拉,你知道吗?现在他们打算结婚了。你不会以为我会眼看着自己的女儿嫁给一个杀人犯吧?我们必须查个水落石出……我有个主意……假设你把你的怀疑告诉他,让他为你的守口如瓶提供一点点补偿……不行,你不能明目张胆地勒索……你可以向他解释说,你最近日子不好过,他要是能'贷款'给你就再好不过了……如果他同意了,那我们就能确定他是杀人凶手……科斯闵斯基,请你理解一下,如果这不是关乎希拉的幸福,我绝对不会请你帮这样的忙……拿着,这里有几英镑,能让你在等待期间……'兰塞姆先生,斯坦利·科斯闵斯基在三四个星期之前就来找过您,请求您解囊相助,还向您透露了他对于戴维·科恩死亡事件的看法,对吗？"

"没错，真见鬼！"唐纳德·兰塞姆怒骂道，他双眼通红地盯着剧作家，"我当时并不想给他钱！就是你，戈登，是你让我接受科斯闵斯基的要求，还说这样才能息事宁人，我们的名字也不用搅到那个案子里去！为了彻底说服我，你甚至出了四分之三的钱！戈登，告诉我这不是真的！告诉我……"

"兰塞姆先生，我还有几句话要说，我相信这些话会让您彻底信服的。"图威斯特博士说着，目光却没有从戈登爵士身上挪开，而戈登爵士正在更加急躁地转动手上的钢球，"其实，您可以观察一下自调查开始以来您朋友的行为。他一直表现出一副想要帮助您、掩护您的态度，还为您隐瞒了8月31日那晚发生的事情。但事实并非如此，他在用一种非常巧妙的方式让我们洞悉那场悲剧的内情。我可以随便举一个例子：彼得·摩尔遇害那晚，他带领我们参观了他的工作室，十分殷勤地向我们展示了梅尔策尔那个国际象棋棋手装置的复制品。我向赫斯特探长介绍了那个装置的巧妙之处在于那个象棋棋手的内部可以藏进一个人……戈登爵士当时也特意强调了这一点……就是为了暗示我们：戴维·科恩就是以这种方式从走廊消失的！当然，这只是一个很小的细节。我们还有另外一条更有力的证据。对于熟悉戈登爵士的人来说，这条证据毫无疑问能够揭穿他的真面目。戈登爵士，您身边的人都很清楚，您总是习惯把那四颗钢球拿在手里转动；每当您遇到费解的难题时，每当您绞尽脑汁思考某件事时，您都习惯这么做。彼得·摩尔遇害的那晚，我却从未见您拿出过那些钢球！您没听错，您当晚从未拿出那些钢球。此外，我相信我的探长朋友和兰塞姆先生也能证实这一点。由此看来，您当时没什么可担心的……尽管您刚打死了一个窃贼，而且这个窃贼不是别人，正是您的秘书！"

图威斯特博士接着说道："对此，我只想到了一种解释：那天晚上，您并没有感到心烦意乱，您刚刚犯下的罪行也没有让您感到不安……因为这都是您计划好的。"

"但是上个星期天，我们上门盘问您时，您在得知科斯冈斯基死于救护车的交通事故后，就开始不停地转动钢球，我之前从未见过您有这样的反应！显然，事出有因——科斯冈斯基的死让您陷入了极度焦虑之中。我们现在明白其中的原因了：科斯冈斯基是您的秘密武器，您的王牌，您最重要的定时炸弹。他的证词原本会毫不留情地指证兰塞姆先生。根据科斯冈斯基提供的线索，警方原本会指控兰塞姆先生谋杀了戴维·科恩，以及对科斯冈斯基进行了暴力袭击……可这颗重要的棋子竟然死了……您的整个计划都功亏一篑，或者说几乎要功亏一篑了。您只能寄望于我们靠自己发掘出'真相'——当然，不包括您的那些不轨行径。"

在一阵漫长的沉默中，戈登爵士平静地将钢球放回桌上，起身走到书桌前，打开抽屉，再合上，接着走回原位，往酒杯里倒满威士忌，一口饮尽。然后，他面带微笑地看着图威斯特博士："您对走廊里消失术的猜想，对我们恶作剧的全部推断，都着实令人钦佩，更不用说您预测后续事件走向的能力……图威斯特博士，对于您有惊人的推理能力，我早就有所耳闻……但是，说真的……难道不是希拉向您透露了什么吗？"

"没错……这么说吧，她为我补足了最后一部分细节，特别是关于那场针对明登夫妇的恶作剧的内情。显然，这些情况是我无法凭空猜测到的。不过，这一步应该也在您的计划之内，因为您原本就没打算让希拉小姐守口如瓶，不是吗？"

戈登爵士脸上的肌肉一阵抽搐，他试图用笑容掩盖过去。接着，他费力地说道："图威斯特博士，我猜，是您安排希拉离开，不让她参加今晚的讨论的？"

博士点了点头。

唐纳德·兰塞姆就像变了一个人，依旧死死盯着他的老朋友。他神情颓丧，显然完全无法理解后者的所作所为。

"为什么？戈登，为什么？"他的声音也完全走了调。

戈登·米勒爵士依旧努力维持着脸上的笑容。他看着那四颗钢球，睁大的双眼里映出钢球上的金属光泽。突然，他的脸变成了绛紫色，整个身子也僵直了。

"那个抽屉！"赫斯特探长惊呼道，"他一定吞下了什么东西！"

在戈登爵士伏倒在桌面之前，他用尽全身的力气，说出了最后一句话。

"希拉……为了希拉。"

# 尾声

第二天下午，报纸上刊登了戈登·米勒爵士自杀的消息。至于自杀的原因，众说纷纭。于是，各大报纸的头版上都出现了这样的内容：著名剧作家戈登·米勒爵士因意外射杀自己的秘书而懊悔不已，最终决定结束自己的生命……自米勒夫人溺亡以来，戈登爵士就一直无法走出丧妻之痛，最终选择了自杀……戈登·米勒爵士离开了我们，却留下了最后一个谜团。其中，《泰晤士报》甚至透露：著名剧作家自杀身亡，根源是才思枯竭！

赫斯特探长读完最后一篇报道后，放下报纸，耸了耸肩。

"他们还真会大做文章啊……"兰塞姆一边说，一边做了个无奈的表情。

"但这总比真相要好，不是吗？"图威斯特博士端着茶说道。

"我还是不敢相信。"兰塞姆叹息道，"所有这些阴谋诡计都是为了……您刚才说真相？可真相是什么？如果说他不愿意让戴维·科恩成为自己的女婿，这我能理解……但我是他最好的朋友……毕竟我也不算一个糟糕的人选，不是吗？"

"兰塞姆先生，让我再重申一次：无论是谁，只要他想和希拉结婚，都注定会死。"图威斯特博士严肃地说道，"一想到希拉要离他而去，戈登爵士就完全无法接受。兰塞姆先生，您知道那些占有欲很强的母亲吗？她们一看到别的女人接近自己的儿子，就会毫不客气地插手阻挠。戈登爵士就像这样的人，他把希拉视为自己的财产，而且……"

"可他表现得一点儿也不像一位强势的父亲！他让希拉做自己想做的事！我从未听说他禁止她做任何事！"

"这就是他做事的风格。他不想让希拉感到自己是他的'囚犯'，而是想让她把他当作盟友。这并不影响他在背后搞手段以达到自己的目的。比如，您还记得他对待戴维·科恩的态度吗？他压根儿不赞同戴维·科恩和希拉小姐交往，但他对希拉小姐有过丝毫责备吗？他难道不是一直表现出欣然接受的态度吗？"

"好吧……但我还是不能理解！而且，希拉并不是他的亲生女儿！说实话，我真不敢相信！但从另一方面来说……今天早上当我把戈登的死讯告诉希拉时，她的态度相当奇怪。她自然很震惊，但在我看来……怎么说呢……她看上去像是解脱了……"

"所以您看！"图威斯特博士干脆地说道，同时将几人的茶杯蓄满，"兰塞姆先生，请允许我给您一个建议：从今往后，尽量不要在希拉小姐的面前提及这件事,就让真相永远埋藏在我们三个人心底。最好不要让她知道真相……"

"当然!另外,我确实也不希望这一切被传出去。"他说道,然后用一种担忧且质疑的眼神看向他的同伴们。

"我完全可以做出保证。"图威斯特博士果断地点了点头,"我的朋友也是,对吧,阿奇博尔德?"

"啊?……是的,当然了。"赫斯特探长盯着天花板的一角,脸上露出了一个恬淡的微笑,"我刚刚在考虑一件事……关于那场离奇的决斗。在这场决斗中,您和戈登爵士各自为营,决定由被选中的一方去实施一场谋杀,并把罪名推到另一方头上……结果呢,这恰恰符合戈登爵士所做的事!他策划了一系列谋杀来构陷您,还明目张胆地把这个阴谋或多或少告诉了您!顺便问一句,那次掷硬币的结果是什么?我没有记错的话,如果是反面,就由您去'实施谋杀';如果是正面,就是戈登爵士……"

"是正面。"唐纳德·兰塞姆双手掩面,他直起身子,深吸了一口气,"好吧,不管怎么说,图威斯特博士,我欠您一份很大的人情,我不知道应该如何感谢您……"

"啊,是的,确实如此,我还没有告诉过您我的酬金呢……"

唐纳德·兰塞姆和阿奇博尔德·赫斯特探长都惊讶地看着博士。

"事实上,"图威斯特博士轻咳了一声,接着说道,"我要的酬金并不算太高……兰塞姆先生,我只要求您做一件事,一件非常小的事，对我来说却意义重大：我要求您给我一个承诺。"

"什么意思？"

"据我所知，您很快就会回美国，对吗？"

"是的，我不会在这里待太久的……"

"我想，希拉小姐会和您一同前行？"

唐纳德·兰塞姆双颊绯红。

"是的……我还可以告诉您，我们很快就会结婚的……这是您真正想知道的吧？"

图威斯特博士点了点头，然后静静地点燃了烟斗。

"兰塞姆先生，我要您保证的是，您必须竭尽所能地让希拉小姐过上幸福的生活。如果让我听到任何负面的消息——您知道的，我的耳目遍布全世界——我可以向您保证，我会尽我所能地毁掉您。如果真的发生这样的事，您会发现您刚刚逃脱的那场阴谋，比起我会针对您设下的陷阱，简直不值一提……"

唐纳德·兰塞姆的脸上闪过一丝惊讶。他沉默了几秒钟后，微笑着向图威斯特博士保证：这也是他最诚挚的愿望。

这究竟是一个真正的警告，还是图威斯特博士的一个玩笑？唐纳德·兰塞姆没有机会知道答案了……

一刻钟之后，唐纳德·兰塞姆向两人作别。

"好吧，你可真是有胆量！"唐纳德·兰塞姆刚一离开，赫斯特探长就对他的朋友说道，"你不仅要插手与自己毫无关系的事情……我对此并不感到惊讶，毕竟你一直以来都喜欢给年轻的夫妇们提一些建议，主动给年轻人牵红线……可你现在居然开始出言威胁别人，生怕他们不按照你的意愿行事！"

"阿奇博尔德，你要知道，我多么希望这个小姑娘能获得幸福……她遭受了太多的苦难！不过，我其实并不担心，唐纳德·兰塞姆会是一个好丈夫。他爱希拉——我对此深信不疑——而希拉也会回应他的爱。说到最后这一点，我承认我之前犯了一个错误。你还记得吗？当我们第一次询问希拉·福里斯特的时候，曾谈到了她的未婚夫，她当时的态度让人以为她对兰塞姆并没有太深的感情……这一点再次证明，表象往往具有欺骗性……当时，她那美丽的脸庞之所以黯然失色，并不是因为我们提到了她的未婚夫，而是因为她想到了戈登爵士。她清楚地知道，她的继父一定会用尽手段阻挠这桩婚事……这个兽父……说真的，她真的遭受了太多的苦难，她从来没有得到过真正的幸福。"

赫斯特探长看着他的朋友，深吸了一口气，然后猛地一拳砸在桌子上。桌上的瓷质茶杯被震得发出了叮叮当当的抗议声。

"图威斯特，我一直等着你的解释呢！你可别指望我会相信你刚才跟兰塞姆讲的故事——那个强势的父亲为了不失去自己的'宝贝女儿'而不择手段！你说的'兽父'又是指谁？如果戈登爵士真像你暗示的那样爱上了他的继女，我不明白你为什么要说他是个'兽父'，至少这个理由说不通！如果这就是你所说的'滔天罪行'，那我告诉你，世界上还有不少'兽父'在逍遥法外！"

图威斯特博士缓缓地摇了摇头。

"你还是一点儿都没明白啊！令希拉小姐怀孕的人，并不是她的神秘恋人……而是戈登爵士本人。你现在明白了吧，在这种情况下，他们根本无法做出任何'安排'。安娜·米勒夫人并不知道希拉'男朋友'的身份，她非常天真地接受了戈登爵士编造出来的说法，甚至对此深信不疑，所以她也认为让希拉离开一段时间更好。我想，希拉本人也希望暂时离开这个家……她可能去瑞士做了流产，然后去美国继续学业。安娜·米勒就是在这一时期去世的。结合多名目击者的证词，她应该就是自杀身亡的。我也倾向于认为这是一起自杀事件，而不是意外溺水事故。最好的证明就是希拉小姐当时的反应：她甚至没有回英国参加母亲的葬礼。你还猜不到发生了什么吗？"

赫斯特探长靠在椅背上，若有所思地抽着雪茄。

"没错……安娜·米勒一定是在那段时间里知道了她女儿的情人是谁。"

"就是这样。我们甚至可以猜测是希拉自己告诉了母亲真相——也许是写了一封信。她当时太年轻，根本无法保守这样一个秘密。希拉一定是在某个被负罪感压垮的崩溃时刻，为了寻求良心上的解脱，为了寻求母亲的原谅，所以向母亲坦露了实情。如果你像我一样了解她，你就会明白她坦白的原因：这个小姑娘太诚实了，她不可能向母亲隐瞒这个可怕的秘密……压根儿没考虑到母亲得知后可能会做出的反应。没过多久，希拉得知了母亲去世的消息……毫无疑问，希拉小姐认为是自己的坦白直接导致了这一悲剧——戈登·米勒夫人不堪折磨，自杀身亡。所以说，她确实是死于自杀。你能够想象到希拉当时的想法吗？因为她的坦白，她害死了自己的母亲，这无疑是朝她心口上开了一枪！我猜测她就是在那时染上毒瘾的。可怜的小姑娘……"

"是她告诉你这些事情的？"

"不。你认为我会直接问她吗？我并没有迟钝到去揭开那段让她痛苦不堪的黑暗过往。不过，我对自己的推断很有把握。你也看到了，所有的细节都能完美契合。"

赫斯特探长沉默了很久，最后说道：

"确实。但是米勒夫人的反应太令人震惊了。她可以选择和女儿断绝关系，也可以选择立刻和丈夫分手……这都是可行的。但是，她却选择了自杀……这不是一个女人在这种情况下该有的正常反应，如果我可以这么说的话。最坏的结果也就是，一个激愤的女人会和她的丈夫干架，拿起身边能够到的第一样物件，狠狠地砸碎他的头骨，或者到其他地方去寻求安慰，或者其他……"

赫斯特探长看着他的朋友，发现对方的夹鼻眼镜后面闪烁着奇异的光芒——双眼中蕴藏着强烈的愤恨和悲伤。赫斯特探长很少看到图威斯特博士露出这样的表情。

"是的，你说得没错，但还有其他因素……而这正是戈登爵士最令人发指的罪行。他不可能不知道，他一定知道的……可怜的米勒夫人就是因为这个才自杀的。希拉小姐虽然不知情，但我想她一定有所察觉。她和戈登爵士之间的关系很'反常',戈登爵士的'激情'——如果我们可以这么形容的话——也有些反常。他是一个病态的人,无论从哪个层面来看,他的心理都不正常。阿奇博尔德,你知道吗,他转动钢球的习惯早就让我心生疑虑了。这不是一个精神正常的人会有的习惯;那种动作,那种狂躁,暴露了他本人在一定程度上早已精神失常,甚至患有偏执狂。当然,在不同的案件中,凶手或多或少都存在心理失衡的问题,只不过程度不同。所以,当我逐步揭开戈登爵士的阴谋时,我并不感到惊讶,但后来……"

"后来什么?"赫斯特探长怒喊道,"……你就不能一次性告诉我所有的事情吗?我快要受够你这种吞吞吐吐的毛病了,你总喜欢拐弯抹角,就不能直奔主题吗!"

"好吧。1917年9月,罗伊·福里斯特在布里斯托尔结识了安娜·拉德克利夫,但她当时已经和戈登爵士订婚了。两人相识后,几乎立刻离开了英国,一个月后就在美国结了婚。这些是我们已经知道的情况,但是我后来又请求布里格斯去确认了具体的日期……他告诉我,福里斯特抵达英国的确切日期是1917年9月12日,顺便说一句,这也是他生平第一次踏上英国的土地。"

"我还是不明白……"

"你知道希拉·福里斯特是什么时候出生的吗?……1918年5月13日。你也许会说她是一个早产儿……罗伊·福里斯特一定也是这么认为的。现在,你再回忆一下希拉小姐给我们看的那张照片：罗伊·福里斯特个子不高，身材矮胖，浅色头发，脸上满是雀斑，而安娜·福里斯特也是浅色头发……再看看希拉小姐，她身材苗条，头发乌黑发亮，就像……好吧，如果你仔细观察过戈登爵士和他的'继女'，就会发现他们俩有几分相似……你不觉得吗？"

赫斯特探长惊得愣住了，结结巴巴地说道："所以，你的意思是……"

"戈登爵士就是她的生父……没错。"

（全文完）

## 读客 悬疑文库

**认准读客读悬疑，本本都是大师级。**

专注出版中、英、美、日、意、法等世界各国各流派的顶尖悬疑作品。

为读者精挑细选，只出版两种作品：
经过时间洗礼，经典中的经典；口碑爆表、有望成为经典的当代名作。

跟着读客悬疑文库，在大师级的悬疑作品中，
经历惊险反转的脑力激荡，一窥人性的善恶吧。

扫一扫，立即查看悬疑文库全书目，
收集下一本精彩悬疑！